Chambre 25

<u>Du même auteur :</u>
  Genre polar, aventures, romance :
Les Disparues du festival
Suriname Connexion
Les Ailes noires du goéland
Mémoire de glace
Chambre 25
Le Prisonnier de l'île aux pécheurs
Rédemptions
Un jour, il faut payer…
La Faim des loups (Ce qu'ont dit les loups)
Dramatique Équipée
Où es-tu partie ?

<u>Sous nom d'auteur Jean AREC :</u>
  Genre New romance :
Manon au Cap – 1 – Initiations
Manon au Cap – 2 – Révélations
Manon au Cap – 3 – Jeux de dames à Bora-Bora

ISBN : 978-2-9593388-2-3
Dépôt légal : juin 2024
2ᵉ édition

 ALADANIS

Alain DECORTES

Chambre 25

Roman

Le monde de la réalité a ses limites ;
le monde de l'imagination est sans frontières.

Jean-Jacques Rousseau.

AVANT-PROPOS

L'auteur tient à préciser que tout ce qui est relaté dans cet ouvrage n'est que fiction. Les personnages et les situations de ce récit étant purement imaginaires, toute ressemblance avec des personnes ou des situations existantes ou ayant existé ne serait que pure coïncidence.

PROLOGUE

Doba (Tchad)

Le docteur Marc Chatarian s'obligeait à regarder à travers la vitre. De l'autre côté, l'infirmier tchadien portait des gants et un masque en tissu. Protections bien dérisoires ! Malgré la honte qu'il ressentait à laisser l'auxiliaire local prendre tous les risques, le médecin humanitaire n'aurait en aucun cas voulu être à sa place. Pire, sans le rempart de l'épaisse glace, jamais il ne se serait approché à cette distance.

La vue du cadavre sur le brancard lui donnait la nausée. Le corps était nu. Le tableau était affligeant. Marc Chatarian se souvenait avoir eu envie de cette femme. Il se rappelait même l'avoir souvent déshabillée du regard, avoir impudiquement imaginé les formes harmonieuses cachées derrière les vêtements. Son fantasme se réalisait, pas comme il l'aurait toutefois souhaité, malheureusement. Ce matin-là, il la voyait comme il en avait rêvé, mais hélas, morte.

Ses yeux fixèrent le bas du corps pour retarder le moment où ils devraient se confronter au visage. De nouveau, les souvenirs s'invitèrent, comme pour mieux contraster avec l'horrible spectacle qu'il lui faudrait supporter dans les secondes à venir.

Il l'avait rencontrée pour la dernière fois le mardi

de la semaine précédente quand elle était arrivée à Doba. Il regrettait de ne pas l'avoir alertée davantage sur le danger de son initiative. Malheureusement, il était aujourd'hui trop tard.

Marc Chatarian avait toujours trouvé cette femme de quarante-sept ans d'une incroyable beauté et très séduisante. Une silhouette désirable et bien proportionnée, un visage harmonieux, de jolis yeux couleur noisette et une chevelure brune. Et puis, il y avait ses boucles d'oreille : des créoles.

Le médecin chercha à retarder l'instant fatidique. Son regard s'attarda sur les mains. Il remarqua l'alliance et la bague. On ne les lui avait pas retirées. La crainte, sans doute, que les bijoux soient porteurs de la mort.

Il s'arma de courage en poursuivant son mouvement de la tête. Le visage de la morte lui apparut dans toute son horreur. La chair des mâchoires avait totalement disparu. On ne voyait plus que les dents comme sur un squelette. Le haut de la figure n'était que lambeaux de tissus musculaires en putréfaction. L'œil droit s'échappait de l'orbite et un large trou s'était creusé à la gauche du nez. Le temps du transport sur le brancard, une touffe de cheveux s'était détachée du crâne, juste au-dessus de l'oreille encore ornée par une créole.

Le docteur Chatarian en avait observé des cadavres. Gravement accidentés ou victimes de guerre, ils n'étaient pas beaux à voir. Mais jamais il n'avait rencontré un visage à ce point massacré. Un soudain haut-le-cœur l'obligea à détourner la tête. Il se sentait incapable de regarder plus longtemps le cadavre de cette femme qu'il ne connaissait que trop bien.

1

En ce début de matinée estivale, chaussée de ses baskets *Nike* et guidée par une sorte d'instinct de survie, Erna courait à perdre haleine. Elle secouait la tête chaque fois que ses longs cheveux bruns la gênaient en venant se plaquer contre ses yeux. Il y avait un vide dans son cerveau. Pourquoi fuyait-elle ? Qui étaient ses poursuivants ? Elle n'en avait aucune idée.

Les gens s'écartaient pour laisser passer cette femme vêtue d'un jean délavé et d'un tee-shirt orné d'une mention provocatrice. Ils ne voulaient pas d'histoires et faisaient mine de ne pas la voir. La plupart imaginaient une voleuse s'enfuyant après avoir arraché un bijou ou une montre à un passant.

Erna était éreintée. Elle possédait pourtant une excellente condition physique, mais les excès de sa longue soirée bien arrosée avaient anéanti son endurance habituelle. Elle ne pourrait plus continuer longtemps à ce rythme. S'arrêter et se cacher ! Mais où ? La ruelle entre les immeubles de briques sur la droite lui apporta la réponse salutaire. Elle changea brusquement de direction, bouscula un passant et s'y engouffra. Des poubelles, une montagne de cartons : la cachette idéale !

La jeune femme s'immobilisa. Protégée par les conteneurs à ordures, elle se sentait enfin à l'abri. Elle pencha la tête en avant, rassembla ses longs cheveux et, d'un mouvement vif, les renvoya derrière l'épaule. Elle allait s'asseoir un instant pour récupérer, quand soudain, elle fut prise d'une détestable envie de vomir. Elle appuya les mains contre le mur, se pencha et régurgita tout ce que son estomac renfermait. Sa tête se mit à tourner. Elle voulut s'allonger. Ce n'était pourtant pas le moment !

Elle tenta d'abord de se baisser pour s'asseoir, mais perdit l'équilibre.

Erna tomba et s'évanouit.

Elle était inconsciente quand deux silhouettes apparurent à l'entrée de la ruelle. Ils l'avaient enfin retrouvée. Ils furent soulagés de la découvrir dans cet état d'épuisement. Leur tâche en serait facilitée : ils devaient la ramener vivante.

Ils rangèrent leurs armes. La fille ne risquait plus de s'enfuir.

Les deux policiers la menottèrent et lui administrèrent une paire de gifles pour la réveiller. Mais les claques restèrent sans effet.

– Appelle la voiture ! commanda le plus gradé des deux. Dis à Bob de se garer au début de la ruelle ! Et rappelle-lui les consignes : pas de sirène et pas de gyrophare. Maintenant qu'on a récupéré la fille, discrétion absolue !

2

Coincée entre deux policiers à l'arrière de la Chevrolet Caprice de la SFPD[1], Erna reprenait lentement ses esprits.

— Elle se réveille, annonça le sergent Schuller à ses trois collègues.

— Pas trop tôt, rétorqua le passager avant. Au moins, elle pourra marcher.

— Qu'est-ce que ça change ?

— On voit que c'est pas toi qui l'as traînée jusqu'à la voiture tout à l'heure.

Erna voulut relever sa main droite posée sur son genou. Les menottes l'en empêchèrent. Maintenant qu'elle avait repris connaissance, elle chercha à comprendre ce qui lui était arrivé et la raison de son arrestation.

La soirée dans l'appartement à Haight-Ashbury[2]. Elle se souvenait de sa réticence à participer à cette fête dans l'ancien quartier hippie, mais Brandon avait tellement insisté. Elle s'était rapidement sentie mal à l'aise dans une ambiance qui lui déplaisait. L'alcool passe encore, mais les seringues, ce n'était pas son truc. Au fait, où était Brandon ? Arrêté, lui aussi ? Elle n'en savait rien. Elle se rappelait le

---

[1] San Francisco Police Department.
[2] Quartier de San Francisco.

début de la soirée puis sa course effrénée dans les rues de San Francisco, mais entre les deux, elle ne se souvenait de rien. Les flics pourraient peut-être lui rafraîchir la mémoire.

– Pourquoi m'avez-vous arrêtée ? demanda-t-elle à l'uniforme situé à sa droite.

– T'as pas une petite idée ?

– Non. Et Brandon, où est-il ?

– Qui est Brandon ?

– Mon copain.

Elle avait hésité pour utiliser le qualificatif, car leur relation datait d'à peine deux mois. Mais elle n'allait pas raconter sa vie sentimentale aux quatre flics.

– T'as la mémoire courte ou bien tu cherches à nous enfumer ?

Le sergent Schuller interrompit la conversation.

– Tais-toi, Bob ! C'est pas à nous de lui expliquer !

– OK, Chef !

La suite du trajet se passa dans le plus grand silence, quand tout à coup, Erna sentit les nausées la reprendre.

– J'ai envie de vomir.

– Retiens-toi !

Schuller n'était pas du même avis. Il imaginait déjà la voiture souillée par le dégueulis de cette conne. Sans parler des odeurs pour terminer le trajet.

– Prends une rue à droite ! lança-t-il à Bob. Il y aura moins de monde. Et arrête-toi !

Moins d'une minute plus tard, Erna, penchée en avant, le buste plié, tentait d'accompagner les soubresauts de son estomac. On ne lui avait pas retiré ses menottes, sécurité oblige, et deux policiers la maintenaient par les épaules. Ses éructations ne furent suivies d'aucun vomissement. Ses gardiens s'impatientèrent :

— Tu te fous de notre gueule ! Tu nous fais arrêter pour rien ! Allez, on y va !

Ils l'obligèrent à se redresser et la poussèrent sans ménagement dans la voiture qui repartit.

Erna ne comprenait pas ces nausées récurrentes. Elle réussit à les contenir jusqu'à l'arrivée au 850 Bryant Street.

Elle reconnut l'immense bâtiment du Palais de Justice. La Caprice contourna l'immeuble pour s'arrêter près d'une porte de service.

Les policiers emmenèrent leur prisonnière dans un dédale de couloirs avant de la faire pénétrer dans le bureau du capitaine Smith. Schuller ne connaissait pas cet officier. Rien d'anormal, le SFPD comptait plus de deux mille policiers. Le sergent s'étonna toutefois qu'un capitaine fût installé dans un local sans fenêtre et simplement meublé d'une table et trois chaises avec un antique téléphone pour seul équipement.

Le sergent Schuller remit des documents au capitaine Smith. Parmi eux, Erna reconnut son passeport que le gradé s'empressa de feuilleter.

— Erna Demol. Trente-cinq ans. Double nationalité française et monégasque. C'est exact ?

– Oui. Vous savez lire ! Maintenant, vous pouvez me dire pourquoi on m'a arrêtée ?

Dans une affaire normale, Smith lui aurait répondu et aussi rappelé ses droits. Mais il ne s'agissait pas d'une affaire normale.

– C'est moi qui pose les questions. Remets-nous les doses que tu as sur toi !

– De quoi parlez-vous ?

Toujours la même chose avec ces junkies, pensa l'officier de police.

– Coke ou héroïne ? Ah oui, bien sûr, tu vas me dire que tu n'es qu'une consommatrice occasionnelle, n'est-ce pas ?

– Même pas. J'ai jamais touché à ces saloperies.

Smith se leva d'un bond, contourna la table et lui attrapa le bras.

– Et ça, c'est quoi ? vociféra-t-il en lui montrant le bleu autour de la veine sur la pliure intérieure du coude.

Erna observa, éberluée, incapable de fournir la moindre explication.

– Comme tu n'es pas la première à me faire le coup du « je ne comprends pas pourquoi on m'a arrêtée », on va stopper l'interrogatoire pour gagner du temps, annonça Smith en retournant s'asseoir.

Il attrapa le combiné du téléphone, composa un numéro à trois chiffres.

– Bradley, j'ai besoin de vous pour une fouille intégrale sur une demoiselle.

Il raccrocha et poursuivit :

– En attendant que Bradley arrive, je dois prendre une photo pour le dossier. Sergent. Faites lever cette junkie et collez-la contre le mur !

Schuller s'exécuta sans comprendre la raison de cette exigence. Habituellement, selon la procédure, les photos se faisaient plus tard.

Erna fut rapidement plaquée au mur et encadrée par deux policiers. Smith prit son téléphone pour immortaliser la scène.

3

Un quart d'heure plus tard, la lieutenante Susan Bradley ramenait Erna au Capitaine Smith. Elle sortit un calepin de sa poche et montra discrètement à son supérieur hiérarchique le mot qu'elle venait de griffonner :

« Nothing »

Dommage, pensa Smith. *Elle a dû se débarrasser de la came. Mais ça ne change rien. Les ordres sont les ordres !*

Il se racla la gorge et annonça froidement :

— Erna Demol, je vous arrête pour trafic de stupéfiants et meurtre avec préméditation.

Elle avait écouté, éberluée.

— Mais c'est n'importe quoi ! J'ai tué personne !

L'accusation concernant la drogue était devenue secondaire. Erna chercha à se lever, mais ses gardiens l'en empêchèrent. Elle tenta de se débattre, mais menottée et tenue par quatre mains, le combat était perdu d'avance.

— Sergent ! reprit Smith. Erna Demol doit être incarcérée à la prison de Salinas Valley. Vous la remettrez à la police de San José à Kirby Canyon. Voici les instructions pour le transfert !

— Mais elle doit d'abord voir son avocat et…

– Ce sont les ordres, sergent ! Regardez en bas de la page !

La signature du chef de la police de San Francisco était apposée au bas du document. Schuller n'insista pas.

Une fois de retour à la voiture, les quatre policiers et leur prisonnière partirent en direction du sud. Erna avait enfin compris que s'agiter ne servait plus à rien. Ce moment d'accalmie permit à Schuller de réfléchir. Quelque chose le tracassait.

Trois heures auparavant, il avait reçu par radio l'ordre de retrouver une délinquante en fuite. A priori pour un délit mineur : vol à l'arraché. Il l'avait interpellée après une course poursuite dans le quartier de Tenderloin. Mais au lieu d'emmener la fille à Central Station, le poste de police dont il dépendait, un nouvel appel lui avait stipulé de la conduire à Bryant Street auprès du capitaine Smith. Autre bizarrerie : d'où sortaient les accusations de meurtre et de trafic de drogue ? Mystère. Et maintenant, pour finir, en contradiction totale avec la procédure, il devait remettre Erna Demol aux autorités de San José. Sans le document signé du chef de la police de San Francisco, jamais il n'aurait procédé à ce transfert !

Une heure plus tard, la Chevrolet des quatre policiers roulait sur la route 101 en direction de San José.

Le sergent Schuller se remémorait les paroles du capitaine Smith :

– Vous prenez la 101 en direction de San José, sergent. Vous sortez à l'échangeur de Kirby Canyon, direction Coyote Creek, celle qui mène au golf. Dans le premier virage, il y a un chemin de terre sur la gauche. Le rendez-vous est au bout. Une Dodge noire.

Cette fois, il n'avait pas osé protester. Il allait livrer la fille aux collègues de San José, mais dès son retour, il rédigerait un rapport très détaillé.

Dans la voiture régnait un grand silence depuis qu'Erna, toujours coincée entre les deux flics, s'était résignée à ne plus se débattre.

Conformément aux consignes, la Chevrolet Caprice quitta la route 101 à l'échangeur de Kirby Canyon et suivit les panneaux indiquant la direction du golf.

Le chemin de terre après le premier virage était bien là.

– Prends à gauche ! commanda Schuller à Bob.

La Chevrolet parcourut deux cents mètres en soulevant la poussière, puis s'arrêta. La Dodge était au rendez-vous. Deux hommes en noir, sorte de caricature des Blues Brothers, en descendirent. Celui qui ressemblait à Elwood se dirigea vers la Caprice. Bob baissa la vitre.

– Vous avez le colis ? demanda Elwood.

Voiture banalisée, absence d'uniforme. Décidément, ce transfert plaisait de moins en moins au sergent Schuller. Il descendit de la Chevrolet, la main sur la crosse de son arme.

– Vous avez les documents pour la prise en

charge de la fille ?

Elwood sortit un papier de sa poche et le tendit à Schuller qui en prit connaissance. C'était un bordereau du comté, et des plus officiels. Tout y figurait en bonne et due forme pour valider le transfert : noms, signatures et tampons. Le sergent baissa la garde.

– Amenez la fille ! lança-t-il à ses co-équipiers.

Erna fut extraite de la Caprice pendant qu'Elwood et Schuller échangeaient quelques signatures. On lui retira les menottes, le temps de lui en passer des nouvelles, procédure oblige.

Aidé par celui qui aurait pu porter le nom de Jake Blues, Elwood emmena la captive dans la Dodge. Schuller retourna vers la Chevrolet. Tout en ouvrant la portière, il regarda partir la Dodge, pas mécontent d'en finir avec cette opération hors norme. Il ne manquerait pas de faire figurer toutes les incohérences dans son rapport.

À peine le sergent s'était-il installé sur son siège, quand, à cinquante mètres devant la Chevrolet, un M72 LAW[1] cracha son projectile. Les quatre policiers n'eurent pas le temps de comprendre. Le missile traversa le pare-brise en explosant, tuant les quatre fonctionnaires et embrasant le véhicule.

---

[1] Lance-roquettes antichar.

4

La Dodge s'était arrêtée sur le chemin de terre avant l'intersection avec la route du golf.

La situation d'Erna n'avait pas évolué. La voiture avait changé, ses deux gardiens aussi, mais la jeune femme était toujours menottée et retenue prisonnière.

L'explosion l'avait fait sursauter. Elle n'avait pas eu le temps de comprendre. Un sac de jute lui avait emprisonné la tête, puis l'aiguille d'une seringue lui avait traversé le jean avant de pénétrer dans le vaste latéral de sa cuisse. Les gestes pour se débattre ne durèrent pas. La narcose l'emporta en quelques secondes en raison de la dose d'anesthésiant que Jake venait de lui injecter.

Elwood se réinstalla à l'avant, non sans montrer quelques signes d'impatience :

— Qu'est-ce qu'il fout ? Il devrait déjà être revenu.

À peine avait-il prononcé ces paroles qu'un homme sortit des taillis. Il ouvrit le coffre dans lequel il déposa le lance-roquettes portable et la bombe de peinture, puis prit place à l'arrière.

— Terminé ! lança-t-il. On se casse.

Elwood souffla. Le reste de la mission n'était plus qu'une formalité. Le colis serait livré comme prévu.

– Elle roupille comme un ours, intervint Jake. Le sac ne sert plus à rien. Je lui enlève ?

– Non ! Pas de risques inutiles ! objecta Elwood. On en a vu qui se réveillait. Tu lui laisses le sac jusqu'au chargement dans l'avion.

Jake n'insista pas, même s'il était convaincu qu'elle dormirait encore longtemps après l'embarquement.

Dans quelques heures, la Californie serait sous le choc de l'annonce d'un attentat commis contre quatre policiers de San Francisco. Les slogans inscrits en arabe ainsi que la revendication rapidement authentifiée qui arriverait dans la soirée ne laisseraient place à aucun doute. Le commanditaire, l'État islamique, que l'on disait pourtant éradiqué depuis le démantèlement de son califat, venait de frapper sur le territoire des États-Unis.

5

Le Renault Kangoo de couleur moutarde filait bon train sur la départementale 6110 depuis son départ de Montpellier. Au volant de sa vieille Ford Taunus, Laurent Gratiol le suivait à distance raisonnable pour ne pas se faire repérer. Au tableau de bord, le voyant de la réserve de carburant clignotait avec insistance. Le détective avait négligé de passer à la pompe et le regrettait. Il espérait que la fourgonnette ne l'emmènerait pas au-delà d'Alès, faute de devoir abandonner la filature pour ne pas risquer la panne sèche. Il avait certes relevé le numéro minéralogique et saurait identifier le propriétaire, mais Gratiol était un pragmatique : un constat de visu de la destination de la fourgonnette valait mieux que des extrapolations.

Le clignotant du Kangoo mit fin à ses craintes. À l'approche d'une ferme, le véhicule utilitaire ralentit et vira à droite pour pénétrer dans la cour ouverte sur la départementale. Par sécurité, Gratiol continua de rouler avant de s'arrêter un peu plus loin sur le bas-côté.

Les jumelles permirent de déchiffrer l'écriteau du

bord de route qui confirmait une activité agricole manifeste.

Maurice se serait-il trompé ? Le Kangoo était-il bien celui qui « ramassait » les jeunes gens du campement ? Le SDF avait été catégorique. Mais quelle confiance accorder à un clochard, la plupart du temps imbibé par l'alcool ?

Pourtant Gratiol n'avait pas le choix : la fourgonnette moutarde était la seule piste qu'il possédait pour tenter de retrouver le fils Fontaine vu pour la dernière fois parmi les sans-abri du campement Saint-Roch à Montpellier. Une communauté d'une quinzaine de SDF qui trouvait refuge sous un pont près de la gare.

Benjamin Fontaine s'ajoutait à la liste de la dizaine de jeunes hommes disparus en moins de trois mois dans la région. Faute d'indices, la police devait se contenter d'hypothèses : la simple fugue, le règlement de compte, le crime crapuleux, celui d'un tueur en série et même un mixte de toutes ces suppositions car à part l'âge des disparus, aucun lien n'avait été établi entre eux.

Pour accroître les chances de retrouver son fils, Gilbert Fontaine avait fait appel à Laurent Gratiol en complément de l'enquête officielle qui suivait son cours.

Selon ses habitudes, le détective avait choisi une

méthode de recherche plus pragmatique que celle des policiers. Il avait fourni quelques bouteilles de vin à Maurice, un des plus anciens « résidents » de Saint-Roch, afin d'obtenir sa confiance. Il avait plusieurs fois discuté avec lui. La patience avait été payante. Au détour du récit de sa vie, Maurice avait révélé que régulièrement des jeunes gens du campement étaient embarqués la nuit par un Kangoo de couleur moutarde. Il était catégorique, ce n'était pas les maraudes de l'AHM[1]. Eux, il les connaissait. Ces bénévoles parlaient et négociaient avant d'emmener les SDF sans tenir compte de leur âge. Le chauffeur du Kangoo ne discutait pas, lui. Et surtout, il embarquait toujours une seule personne. D'après Maurice, ce genre d'enlèvement s'était déjà produit par trois fois.

Ce fut vraiment un coup de chance ! L'évènement qui n'arrive que dans les films. Pourtant Gratiol n'était pas dans une fiction. Il était bien à Saint-Roch en plein centre de Montpellier. Ce jour-là, au beau milieu de la conversation, Maurice lui avait désigné le Kangoo de couleur moutarde qui passait au ralenti sous le pont pour faire un repérage, selon ses dires !

De derrière ses jumelles, Laurent Gratiol observait la ferme afin de relever une éventuelle activité insolite. Entrer dans le bâtiment en jouant les clients aurait sans doute été plus simple, mais c'était prendre le risque d'être reconnu plus tard.

---

[1] Association Humanitaire de Montpellier.

Le détective s'accorda une heure pour rester en embuscade. Ensuite, il rentrerait chez lui à Lunel pour rédiger le rapport pour son autre client. Un dossier bien moins complexe : confirmation d'adultère. Une simple formalité. Il ne restait qu'à imprimer les photos immortalisant les baisers entre la femme et l'amant et établir la facture. L'occasion pour Gratiol de se rappeler les ravages de certaines histoires d'amour. Son expérience personnelle pouvait en témoigner : un divorce et plus récemment une passion contrariée dont la blessure restait toujours ouverte et le faisait encore plus souffrir que son renvoi de la police, six mois auparavant, pour avoir refusé d'appliquer une décision d'ordre politique[1]. Sur ce dernier point, le capitaine Gratiol, redevenu simple citoyen, ne regrettait rien. Il avait agi selon sa conscience et par souci d'efficacité. Et finalement, son nouveau métier d'enquêteur privé le satisfaisait pleinement, même si les affaires d'aujourd'hui n'affichaient pas le prestige de celles d'hier.

Au bout d'une heure, en l'absence d'évènement nouveau, le détective leva le camp. Il en saurait plus après avoir récupéré l'identité du propriétaire du Kangoo.

Il était seize heures lorsque Gratiol arriva à Lunel. Il gara sa Taunus rue Roger Salengro à cinquante mètres de chez lui. Fidèle à son habitude,

---

[1] Du même auteur : *Les Ailes noires du Goéland.*

il sortit et claqua la portière sans s'astreindre à la fermer à clé. Qui voudrait voler une Ford Taunus des années 80 à part un collectionneur ?

Le détective se dirigea vers l'étroite maison coincée entre deux petits immeubles qui abritait à la fois son logement et son bureau.

Quelqu'un sonnait à sa porte. Il s'arrêta pour observer. Une jeune femme blonde avec une coupe courte au carré, de taille moyenne, vêtue d'un tee-shirt rose et d'une petite jupe à fleurs. Une possible cliente ? Il se remit en marche.

Elle le vit arriver. C'était sûrement lui !

– Bonjour. Vous êtes Laurent Gratiol ? lui lança-t-elle.

Il s'abstint de lui dire que la plupart des gens l'appelaient simplement Gratiol et se fendit d'un sobre « oui » pour toute réponse.

Elle lui tendit une main que son visage accompagna d'un large sourire.

– Je suis Géraldine Voltier, journaliste à l'*Essor héraultais*.

Ça démarrait mal : une jolie femme, la tenue, le sourire. Tout ce que Gratiol tentait d'oublier depuis un mois. Sans parler de la profession : il avait toujours détesté les journalistes. Géraldine le devina par l'air renfrogné qu'il afficha. Pour le reste, elle ne pouvait pas savoir.

– Oh excusez-moi ! se reprit-elle. Je me suis présentée professionnellement par automatisme. Je ne suis pas venue vous interviewer, mais vous demander votre aide.

Gratiol hésita entre se débarrasser de la jolie blonde avec tout ce qu'elle représentait et l'accueillir dans son bureau pour en savoir plus. Vingt ans passés à enquêter, on ne se refait pas. La seconde option l'emporta.

6

Installé dans son fauteuil à roulettes, Gratiol écoutait Géraldine Voltier assise de l'autre côté du bureau.

— Je n'ai plus aucune nouvelle d'une amie. Mes mails restent sans réponses et elle ne m'a pas téléphoné depuis plus d'un mois. J'ai peur qu'il lui soit arrivé quelque chose.

— Avez-vous essayé de joindre sa famille ? Vous êtes-vous rendue chez elle ?

— Je ne connais pas sa famille. Je crois qu'elle a une sœur, mais je n'ai pas ses coordonnées. Quant à se rendre chez elle, c'est difficile.

— Pourquoi ?

— Depuis cinq ans, elle réside à San Francisco.

Cette dernière révélation laissa Gratiol pantois. Il crut un instant à une plaisanterie ou à une embrouille de journaliste. Il coupa court :

— Pourquoi vous adressez-vous à moi ? Contactez la police ou un détective californien ! Parce que je ne vois pas en quoi je pourrais vous aider à retrouver votre amie à dix mille kilomètres d'ici !

Il se retint de lui dire qu'il avait d'autres affaires à traiter. Mais objectivement, à part rechercher l'identité du propriétaire d'un Kangoo et imprimer quelques photos compromettantes pour solder un dossier d'adultère, l'activité n'était pas débordante.

Géraldine expliqua qu'elle avait déjà contacté la police qui l'avait gentiment envoyée sur les roses et qu'elle ne savait pas à quelle porte frapper aux États-Unis.

— J'habite Montpellier et j'ai eu connaissance de vos exploits, renchérit-elle. La façon dont vous avez résolu l'affaire Dubreuil[1], chapeau !

L'ours Gratiol n'avait aucune envie de sortir de sa tanière. Il resta de marbre face à cette flatterie.

— Je ne vous demande pas de vous rendre en Californie pour la retrouver, poursuivit-elle. Je n'aurais d'ailleurs pas les moyens de vous payer le voyage. Aidez-moi seulement en me donnant une méthode ou une marche à suivre ! Par mon métier, j'ai l'habitude des investigations, j'ai juste besoin de vos conseils pour enquêter le mieux possible.

Jamais Gratiol n'avait été sollicité pour une demande aussi étrange. Il songea d'abord à renvoyer la journaliste à ses recherches à distance. Il était détective, pas conseiller ni formateur !

Mais quelques neurones au fond de son cerveau l'en empêchèrent.

L'attrait pour les énigmes faisait déjà réfléchir Gratiol. De quelle façon enquêter à distance ? Bien sûr, il y avait Internet, mais c'était oublier l'aversion du détective à l'informatique et aux nouvelles technologies. Cependant, cette disparition lointaine commençait à l'intéresser au point de sentir vaciller

---

[1] Du même auteur : *Les Ailes noires du Goéland.*

ses bonnes résolutions. Depuis ses derniers déboires amoureux, il s'était pourtant promis d'éviter tout contact avec les femmes et était entré dans une misogynie protectrice. Mais l'enquêteur invétéré qui se cachait derrière l'homme se montra le plus fort.

Les défenses tombèrent. Gratiol demanda alors à Géraldine de lui fournir tous les détails concernant son amie.

Une idée germa dans la tête du détective pendant qu'il écoutait la journaliste. Il avait certes décidé de l'aider, mais venait d'envisager en même temps une réciprocité opportune.

Une fois les explications terminées, il lança à brûle-pourpoint :

— Vous avez une voiture ?

— Évidemment, répondit la journaliste. Il vaut mieux avec mon métier.

— Aimez-vous les fruits et les légumes ?

Elle écarquilla les yeux.

<h1 style="text-align:center">7</h1>

La Citroën C3 rouge à toit noir pénétra dans l'enceinte du Jardin de Rochebelle et se gara en marche arrière au fond de la cour. Géraldine en descendit.

Son téléphone en main, elle se dirigea vers l'étal de légumes à l'ombre d'un auvent. Une femme sortit d'un hangar et l'accueillit par un salut très commerçant.

— Bonjour madame, répondit poliment Géraldine. Je voudrais des tomates et des nectarines, s'il vous plaît.

La vendeuse demanda les quantités et la servit.

— Vous livrez à domicile ? s'enquit la journaliste.

— Seulement pour les entreprises ou les collectivités.

Géraldine régla ses achats et retourna vers sa C3, les sachets de tomates et nectarines dans une main, le portable dans l'autre. Elle s'arrêta un instant et braqua le téléphone sur le hangar du fond de la cour où stationnait un Renault Kangoo de couleur moutarde. Elle reprenait sa marche lorsqu'elle aperçut un homme venir dans sa direction. Elle le dévisagea. Une véritable armoire à glace ! Sa carrure et son crâne rasé lui donnaient des airs de garde du corps. L'avait-elle inconsciemment trop observé ? Elle ressentit une gêne quand le colosse, arrivé à son niveau, la fixa d'un regard plus que soutenu en arborant un inquiétant sourire.

La journaliste détourna la tête et accéléra le pas jusqu'à la voiture. Une fois installée au volant, elle démarra sans dire un mot, quitta la cour de la ferme et reprit la direction de Montpellier.

— Ça s'est bien passé ? demanda Gratiol en se redressant.

Il retira la casquette exagérément enfoncée sur son crâne. Une précaution supplémentaire pour éviter d'être reconnu plus tard.

— Oui, à part le géant qui m'a déshabillée du regard quand je suis revenue à la voiture, répondit Géraldine. Je ne voudrais pas le rencontrer la nuit au fond d'une impasse, celui-là. J'espère qu'il n'a pas deviné que je filmais.

— Ne vous inquiétez pas. Je vous ai observé de derrière le pare-brise. Vous avez été très pro. On ne remarquait pas votre téléphone.

— Pourquoi cet endroit vous intéresse-t-il tant, au point de me faire réaliser un reportage en caméra cachée ?

— Disons que votre vidéo, quand vous me l'aurez transmise, constituera une sorte de pièce à conviction pour une enquête en cours.

Il n'avait pas envie de développer davantage. Elle le comprit :

— D'accord, ce ne sont pas mes affaires. Je vous ai donc rendu un service en échange de votre aide pour retrouver Erna.

Elle avait bien résumé.

Géraldine déposa le détective devant chez lui à Lunel. Celui-ci se dépêcha de rejoindre le bureau pour allumer son PC. Empressement pourtant contraire à ses habitudes envers un ordinateur. Il se connecta à une des rares applications qu'il maîtrisait avec un identifiant qu'il n'était plus censé posséder. Une fois l'accès au fichier national des immatriculations obtenu, il saisit au clavier le numéro du Kangoo. La réponse arriva en une fraction de seconde. Le véhicule appartenait à une société agricole nommée Le Jardin de Rochebelle. Rien d'anormal.

8

Île de Wagatu – jeudi 3 août

Le sable s'était sournoisement installé entre la plante de ses pieds et la semelle de ses sandales trop larges de deux pointures. Pas le moment de s'arrêter ! Tant qu'elle n'aurait pas atteint les premiers arbres, la grande jeune femme de trente-cinq ans, sportive accomplie, continuerait de courir.

Peu de temps auparavant, ses longs cheveux bruns lui seraient tombés devant les yeux. Désormais, ce n'était plus le cas à cause de leur coupe très courte. L'époque, pas si lointaine, où elle pouvait se parer d'une queue de cheval était révolue.

Malgré les derniers évènements qu'elle avait vécus, Erna n'avait rien perdu de son endurance physique. Double championne universitaire deux cents mètres brasse et huit cents mètres nage libre, ça laisse des traces ! Sa course n'était qu'une formalité, même si avec les années son corps avait pris un peu d'embonpoint.

Du haut de son mètre soixante-seize, la grande brune, trop pressée d'atteindre la forêt, ne prêta pas attention au bout de bois qui dépassait du sable et que son pied droit accrocha. Elle s'affala, mais se releva immédiatement et repartit dans sa course folle.

Enfin les premiers eucalyptus ! Elle put s'arrêter et souffler. Elle se retourna. Le panorama était fantastique, paradisiaque même. En face d'elle, une plage de sable fin et un lagon d'un bleu turquoise digne d'une brochure de voyagiste. Ça changeait des jours précédents. Cet espace grandiose lui aurait presque donné le tournis.

Où se trouvait-elle exactement ? Elle se livra à un rapide calcul : deux heures avaient dû s'écouler, trois au maximum. Elle ignorait la vitesse du bateau, mais n'avait pas pu aller bien loin. Au mieux, une cinquantaine de kilomètres de son point de départ.

Elle regarda à gauche puis à droite : aucune route. Cette partie de côte semblait déserte. Plutôt une bonne nouvelle ! Derrière elle, la forêt, ou plus précisément la jungle, à cause de la végétation tropicale. L'endroit idéal pour se cacher, mais sa méconnaissance de la faune locale l'en dissuada. La pensée de la possible présence de serpents et autres bêtes sauvages lui enleva toute idée de s'aventurer dans cette zone inquiétante.

Elle profita de l'instant de répit sous les eucalyptus pour nouer le bas de sa chemise trop grande, puis s'assit, retira ses sandales et les secoua. Elle se frotta les pieds pour se débarrasser du restant de sable. Elle évacua aussi celui qui s'était glissé à l'intérieur du triple revers de son pantalon.

Elle se sentait enfin à l'abri. Pour la première fois depuis longtemps, elle réussissait à s'affranchir de la peur de chaque instant. Jamais, ils ne viendraient la chercher dans cet endroit perdu sur la côte ! Se faire oublier quelque temps avant de repartir ! Mais où ? Difficile de le décider tant que toutes ses questions resteraient sans réponses, car Erna n'avait toujours pas compris pourquoi sa vie avait basculé.

En attendant, il fallait explorer les lieux pour trouver le moyen de manger et de dormir. Mais n'était-il pas risqué d'entrer en contact avec les habitants ?

Elle aviserait au coup par coup.

Pour ne pas avancer trop à découvert, la jeune femme se mit en route en longeant l'orée de la jungle. Elle laissa derrière elle le lagon bleu et franchit le monticule rocheux qui se prolongeait par un cap dans l'océan. Elle découvrit alors une nouvelle anse bordée par le même sable fin.

Au bord de l'eau, une silhouette humaine coiffée d'un chapeau. Erna se figea et fixa l'individu du regard. Il était nu. Un indigène ? Existait-il encore des populations primitives dans la région ?

L'homme s'éloigna du rivage et partit en direction de la jungle. Plus d'une centaine de mètres la séparait de lui, mais par prudence, elle se dissimula derrière le tronc d'un gros eucalyptus, sans toutefois quitter l'individu des yeux.

Non, il ne s'agissait pas d'un autochtone, c'était un blanc, barbu, à la tignasse grise et épaisse qui dépassait d'un chapeau de paille ou de raphia. Cette identification réalisée, la nudité ne parut plus du tout naturelle à la jeune femme et suscita de la gêne, voire de la crainte. Appréciation peut-être absurde, mais la prudence lui recommanda de rester cachée.

L'homme disparut de son champ de vision en retournant vers la forêt tropicale. Erna réfléchissait au moyen de poursuivre sa route sans être repérée par l'étrange personnage quand des cris la firent sursauter.

— *Wau wau wau wau wau wáú wááúú wááúú wáááúúú !*

Elle découvrit au-dessus d'elle, perché sur un eucalyptus, un oiseau à la tête jaune et au plumage gonflé. C'était un kumul[1] qui entamait sa parade nuptiale. Ignorant le rituel de ces volatiles, elle crut sa présence responsable des cris qui risquaient d'alerter l'homme nu.

— Chut, tais-toi, l'oiseau ! lança-t-elle en direction des branches hautes, plus par réflexe que par conviction.

Effrayé par la manifestation de cette présence humaine inattendue, le kumul interrompit sa parade et s'envola en entraînant avec lui la dizaine de congénères perchés sur les arbres voisins.

---

[1] Nom local du Paradisier de Raggi, sorte de perroquet endémique de Papouasie-Nouvelle-Guinée.

9

L'envol soudain des oiseaux attira l'attention de l'homme.

Pas normal ça ! Quelque chose ou quelqu'un les a effrayés. Moérii peut-être ? Non, impossible, Moérii ne doit passer qu'en fin de semaine prochaine.

Vincent alla jusqu'à la cabane et revint sur la plage, son fusil à la main. Il se dirigea vers les arbres d'où les oiseaux s'étaient envolés. Il vit quelque chose bouger derrière le gros eucalyptus. Certainement pas un animal car il se serait déjà enfui.

– Qui que vous soyez, montrez-vous ! hurla-t-il. *Whoever you are, get out of there !*

Erna constata que l'homme parlait français. Elle hésita. Fuir ? De quel côté ? La jungle ? Non trop dangereux. La plage ? Pour se faire tirer comme un lapin !

Erna le vit approcher. Elle distinguait désormais les traits du visage, les cheveux gris-blanc touffus dépassant du chapeau et le torse poilu. Les yeux de la jeune femme sautèrent pudiquement du buste au bas des jambes. L'homme portait seulement des sandales qu'elle apercevait chaque fois qu'il levait les pieds pour avancer. Elle le trouvait sale, sa peau semblait maculée de crasse.

— Je vous ai repéré derrière l'eucalyptus ! Sortez de là ou je vous flingue ! *Get out or I'll fire !*

Trop tard pour choisir le côté où s'enfuir.

Ce type était certainement un peu cinglé pour se balader à poil, mais au moins était-elle sûre qu'il ne participait pas à sa recherche !

Faute d'autre option possible, Erna décida de se montrer. Elle passa devant l'eucalyptus en tenant les bras levés.

— C'est bon, je sors ! Ne tirez pas !

Elle s'avança.

— Levez les mains plus haut ! ordonna l'homme.

Ce type est capable de me descendre si je n'obéis pas !

Elle s'exécuta.

— Vous parlez français ? demanda-t-il pour confirmation pourtant superflue.

— C'est ma langue maternelle. Je peux baisser les bras ?

— Non !

Ils se regardèrent et se dévisagèrent.

Vincent l'observait. Elle était presque aussi grande que lui. Charpentée, des épaules larges. Il cessa brusquement l'examen quand il reconnut sa chemise.

— Ce sont mes habits. Où les avez-vous pris ?

Il ne se souvenait plus s'il les avait rangés dans la cabane ou emportés dans le bateau.

— Je ne peux pas dire la même chose pour vous, répliqua Erna en se surprenant à prendre de l'assurance. Ça vous dérangerait de passer un short ?

— Je suis ici chez moi. Je m'habille quand je veux et comme je veux. Et puis, vous êtes sur mon île. C'est une propriété privée. Alors, foutez le camp !

Il venait de lui apporter une première réponse : elle était sur une île. Vraisemblablement, à part elle et ce robinson, il n'y avait personne d'autre. Plutôt rassurant ! Sauf si ce fou continuait de se montrer menaçant. Heureusement, pour l'instant l'agressivité demeurait verbale.

Vincent baissa son arme. Erna fit de même avec ses bras sans redemander l'autorisation.

— Je veux bien partir, mais dites-moi comment on fait pour quitter « votre » île !

— Comment êtes-vous arrivée ?

— Avec le bateau, là-bas dans la baie derrière ce cap, répondit-elle en se retournant pour montrer la pointe qui s'avançait dans l'océan.

Pour Vincent, l'énigme de la chemise et du pantalon était résolue. Cette femme s'était cachée dans la cale du *Tamarua* quand il était amarré à Lorengau… ou pendant sa sieste lorsqu'il avait jeté l'ancre au large de Los Negros.

— Quand êtes-vous montée à bord de mon bateau ?

— Ah, c'est votre bateau. Alors merci pour le prêt des vêtements ! Un peu grands quand même. Surtout le pantalon et les chaussures.

Des semaines qu'elle n'avait pas fait preuve d'humour. Elle ne se reconnaissait pas.

— Vous n'êtes vraiment pas gênée, grogna-t-il. Bon, assez joué ! Maintenant, vous me rendez mes habits et mes sandales et vous vous tirez !

— Désolée, j'suis pas comme vous. Si vous voulez que je vous rende vos vêtements, il faut m'en fournir d'autres, Monsieur… Grincheux.

Le sobriquet était venu naturellement.

Il fulmina. Pourquoi cette femme était-elle montée à bord du *Tamarua* ? Trop tard pour la ramener à Lorengau. Il ne voulait pas naviguer de nuit ! Il devrait la supporter jusqu'au lendemain. La supporter, pas vraiment : pas question de l'inviter chez lui. Elle était venue clandestinement sur l'île, elle assumerait !

Vincent décida de mettre les choses au clair :

— Je n'ai pas le choix, à moins de vous jeter à la mer. Donc je vous autorise à dormir sur mon île et demain matin je vous remmène à Lorengau.

— Vous êtes trop bon. Lorengau, c'est où ?

— Vous déconnez, là ?

— Non, promis. C'est une île ?

Il hésita à lui demander d'où elle venait vraiment, mais se ravisa. Après tout, l'histoire de cette fille lui importait peu.

— Lorengau, capitale de l'île de Manus. Papouasie-Nouvelle-Guinée. C'est bon ? La mémoire vous revient ?

— Oh putain ! se contenta-t-elle d'ajouter. Ça y est, je comprends. En tout cas, merci « Monsieur Grincheux ». Y'a longtemps qu'on m'avait pas aussi bien renseignée.

— Dites donc « Blanche-Neige », puisque vous en êtes aux formules de politesse, je préférerais que vous m'appeliez Vincent.

— OK. Moi c'est Erna. Maintenant qu'on se connaît, est-ce que je pourrais abuser en vous réclamant un verre d'eau, un peu à manger et une cigarette ?

Oui, elle abusait !

— Il n'y a pas de cigarettes ici. Pour boire, vous allez marcher cinquante mètres derrière vous, vous trouverez une source. Vous n'abuserez pas, c'est juste un filet d'eau !

— Et pour manger ?

— Allez étancher votre soif et revenez m'attendre ici !

Hors de question de l'emmener à la cabane ! Il fit demi-tour et s'en alla. Elle sourit en le voyant partir en dodelinant du postérieur. C'était plus fort qu'elle : elle avait toujours trouvé un côté drôle aux fesses masculines quand elles étaient nues.

<h1 align="center">10</h1>

Après de longues hésitations, Vincent s'était résolu à passer un short. À part Moérii, personne n'était venu sur son île depuis qu'il y résidait. Et le Mélanésien n'avait jamais fait cas de sa nudité. Alors pourquoi s'était-il obligé à se vêtir un minimum pour cette intruse ? Il n'en avait pas la moindre idée. Éprouvait-il le besoin de ne pas la heurter ? Ridicule, car il n'avait qu'une envie, la voir partir pour se retrouver à nouveau seul. Il avait choisi de vivre en ermite sur son île pour faire table rase du passé, pas pour tenir une chambre d'hôtes !

Par unique souci d'humanité, Vincent revenait de la cabane, un beignet de sagou dans la main. L'intruse devrait se contenter d'un peu de nourriture locale. Pas question de taper dans les réserves !

Il se dirigeait vers le gros eucalyptus quand il vit Erna sortir de la jungle en hurlant.

— Le serpent ! Là-bas, le serpent !

Elle courut jusque vers lui. Il dut la repousser quand elle lui agrippa le bras.

— Arrêtez votre cinéma ! Quel serpent ?

Toujours sous l'effet de la peur, Erna tenta de se justifier :

— Je cherchais votre source. Quand je l'ai trouvée, j'allais m'agenouiller pour boire. Juste à côté, j'ai vu un énorme serpent enroulé. Tout jaune avec des taches marron. Horrible ! J'aurais pu me faire mordre.

— Liasis papuana, répliqua simplement Vincent.

— Qu'est-ce que vous dites ?

— Python de Papouasie, si vous préférez. Aucun risque. Il devait faire sa sieste digestive. Ce n'est pas un serpent venimeux et il ne s'attaque pas à l'homme. Vous êtes une sacrée trouillarde !

— Vous pensez ce que vous voulez. Je déteste les reptiles.

— Bon ! Puisque c'est le seul moyen d'en finir, je vous accompagne jusqu'à la source. Venez !

— Non, j'veux pas retourner là-bas !

Elle éclata en sanglots et s'accrocha à lui. Les enchaînements d'angoisse, de soulagement, d'espoir, de peur pesaient trop lourd. Quand il la repoussa, elle se laissa tomber à ses pieds et se recroquevilla en pleurant de plus belle.

Quelle chieuse ! pensa Vincent. *Oh et puis merde ! Elle n'a qu'à se débrouiller !*

Il déposa les deux beignets de sagou à côté d'elle et repartit en ajoutant :

— Puisque vous ne voulez rien entendre, tchao ! Quand vous aurez vraiment soif, vous serez bien obligée de retourner à la source. Et toute seule, cette fois !

Arrivé près de la cabane, il s'empressa de déplier la parabole du barbecue solaire pour cuire les crabes avant que l'ombre n'apparaisse.

Il s'interdisait d'utiliser la bouteille de gaz et le réchaud rangés dans le bunker. Même règle pour les boîtes de conserve : réserve de sécurité, ou alors seulement pour les grandes occasions. À quelques exceptions près, depuis bientôt deux ans, Vincent vivait en autarcie sur son île. Outre la cabane construite de ses mains, il avait investi et aménagé l'ancien bunker bâti par les Japonais pendant la guerre du Pacifique. L'édifice avait résisté au temps et à l'expansion de la forêt. Autrefois bien dégagé, il était aujourd'hui cerné par la jungle. Vincent y avait établi son campement annexe en y stockant ses réserves et ses biens les plus précieux.

Les crabes étaient en train de dorer sur le barbecue. L'ermite s'était convaincu d'oublier « Blanche-Neige » jusqu'au lendemain matin, moment prévu pour le retour à Lorengau. Pourtant, il ne put s'empêcher d'avancer vers le rivage pour observer de loin si l'assoiffée était repartie chercher de l'eau.

Elle était toujours recroquevillée au pied du gros eucalyptus. Il s'apitoya.

Il retourna dans la cabane pour prendre la gourde qu'il utilisait habituellement quand il se déplaçait sur l'île.

Erna releva la tête. Pendant un instant, des images angoissantes ressortirent de sa mémoire, sans doute à cause de la situation : elle se sentait vulnérable aux pieds de l'homme qui levait la main au-dessus d'elle. Par réflexe, elle se protégea avec son bras. Heureusement, elle comprit rapidement qu'elle n'avait rien à craindre de lui. Au contraire, l'homme lui tendait une gourde :

— Cessez de pleurnicher ! Relevez-vous et buvez !

Le soulagement chassa l'angoisse. Arriverait-elle un jour à retrouver la sérénité de l'époque où elle se sentait toujours bien dans sa tête ?

Le temps de se remettre debout et de dire merci, elle vit l'homme repartir vers la cabane. Elle l'interpella :

— Attendez ! Je voudrais parler avec vous.

— Moi pas ! répondit-il sans se retourner.

11

Vincent mit quelques secondes à comprendre que son rêve glissait du sommeil vers la réalité du réveil. Il était allongé sur le lit d'une chambre au *Sofitel* et quelqu'un frappait. Si l'hôtel appartenait encore au monde onirique, les coups contre la porte étaient eux bien réels.

Il ne lui fallut pas longtemps pour réaliser :

— Merde, Blanche-Neige ! marmonna-t-il.

Puis il enchaîna en criant.

— Trop tôt pour partir ! Retournez à votre eucalyptus !

Un court silence s'installa avant qu'Erna ne réponde d'une petite voix.

— S'il vous plaît, je peux entrer ?

— Non !

— J'ai un problème.

Il se leva et alla symboliquement ouvrir la porte fabriquée avec quelques planches et fermée par une corde.

La jeune femme lui apparut, le visage rouge et boursouflé. Vincent lui prit la main et remonta la manche de la chemise. Il comprit immédiatement.

Il la poussa à l'extérieur et la tira par le bras.

— Suivez-moi !

Il l'entraîna jusqu'à la lisière de la jungle, une dizaine de mètres à droite du bunker. À cet endroit, quelques palmes sèches recouvraient le sol.

— Ça me pique partout, déclara-t-elle.

— Déshabillez-vous !

— Mais…

— Ne discutez pas ! Enlevez votre chemise ou plutôt « ma » chemise, sans quoi dans un moment, ça ne vous piquera plus, ça vous brûlera !

Elle ne comprenait pas, mais finit par obéir en retirant sa chemise, tout en gardant pudiquement son soutien-gorge. Elle observa Vincent soulever les palmes qui jonchaient le sol et dégager ainsi un trou rempli d'une sorte de boue noirâtre.

L'homme plongea les mains dans la mixture et s'empressa d'enduire les épaules, le dos et le ventre d'Erna dont la peau s'était ornée de grosses cloques.

— Qu'est-ce que c'est ? demanda Erna.

— Une spécialité locale. De la cendre, de la poussière de roche volcanique et des wasmannias écrasées.

— Wasma… quoi ?

— Wasmannia auropunctata, c'est le nom scientifique. Fourmi de feu ou fourmi électrique, si vous préférez. Ce sont les mêmes insectes qui vous ont piquée cette nuit. J'aurais beaucoup à vous apprendre sur cette espèce, mais l'urgence est de vous enduire tout le corps, je dis bien tout le corps, sinon dans pas longtemps vous allez vous rouler par terre et hurler.

En l'observant, il comprit sa gêne, c'est pourquoi il enchaîna :

– Puisque Blanche-Neige est un peu coincée, je vais la laisser se pommader seule.

– Merci.

Elle n'était ni timide ni inhibée, mais les expériences qu'elle avait vécues la rendaient méfiante et la mettaient en position défensive. Pourtant, l'homme ne l'effrayait plus, mais elle préférait ne pas se dénuder devant lui.

– J'ai bien dit partout, insista-t-il. Les fourmis se sont baladées sur tout votre corps cette nuit sans respecter votre intimité.

Il la quitta en lui donnant une dernière consigne :

– Et n'oubliez pas le visage ! Vous me rejoindrez à la cabane quand vous aurez terminé ! On lève l'ancre au plus tard à midi.

Dès qu'elle se retrouva seule, Erna dégrafa son soutien-gorge et s'enduisit la poitrine de la préparation pâteuse. Sceptique au début, elle constata quelques instants plus tard que son ventre et son dos la picotaient moins. Comment ce type pouvait-il connaître à la fois le nom scientifique de ces fourmis et le remède primitif pour soigner leurs piqûres ?

En tout cas, pour le diagnostic, il ne s'était pas trompé : les cuisses et les mollets commençaient à la brûler. Elle s'empressa de se mettre nue afin de se badigeonner la totalité du corps avec la pommade miracle.

En retirant son pantalon, ses doigts accrochèrent

le gros bracelet noir dont sa cheville était parée. Immédiatement, l'objet lui rappela les évènements passés.

Tout en étalant la pommade sur ses jambes, elle cogitait : si ce monsieur Grincheux la ramenait à Lorengau, elle était perdue. Elle devait trouver le moyen de rester ici quelque temps et ensuite une solution pour regagner la France. Après tout, monsieur Grincheux était grincheux, mais pas méchant. Blanche-Neige sourit intérieurement à l'évocation des sobriquets dont ils s'étaient tous deux affublés la veille.

En se rhabillant et en observant ses mains et ses bras colorés, elle comprit que Vincent n'était pas sale. Il s'enduisait régulièrement le corps de pommade anti-fourmis. Le mélange possédait aussi des propriétés répulsives et préventives.

À peine l'effet des piqûres avait-il disparu, qu'Erna ressentit une douleur dans le ventre suivie d'une crampe à la jambe droite. Comme la fois précédente, mais moins forte. Elle fit preuve d'une énorme volonté pour la transcender. Elle se mit alors à trembler. Ce n'était pas possible, c'était trop récent ! Elle devait prendre sur elle, penser à autre chose et ça passerait.

12

Washington, D.C. – le même jour

Le sénateur Andrew Dawson quittait le Capitole où il venait de siéger en séance plénière.

Il gardait une longueur d'avance sur ses adversaires dans le dossier de l'appartement de Haight-Ashbury, baptisé depuis peu « affaire d'Upper Haight[1] » par les médias. La presse, les chaînes de télévision et Internet cherchaient à savoir ce qui s'était réellement passé dans ce logement la nuit du 29 au 30 juin. La police ne les aidait pas beaucoup. Rien d'étonnant : même pour les autorités, il subsistait de nombreuses zones d'ombre sur les évènements et personne n'avait établi le lien entre cette affaire et l'attentat à la roquette de Kirby Canyon attribué sans réserve à la mouvance islamiste.

Dawson se réjouissait que la fille fût de nouveau passée sous son contrôle, ce qui plaisait beaucoup moins à ses adversaires.

La politique est parfois compliquée : un mois plus tôt, le sénateur avait conclu un accord avec le

---

[1] Autre nom donné au quartier de Haight-Ashbury.

parti du président, en s'engageant à lui livrer Erna Demol dès que serait voté son amendement apportant des exceptions aux étiquetages OGM.

À la tête de plusieurs multinationales dans des domaines aussi variés que la métallurgie, la chimie et l'agroalimentaire, Dawson savait qu'avec la vague écologiste, il risquait de perdre gros avec cette nouvelle loi sur les étiquetages. Avec son amendement, il limitait la casse.

Toutefois, le sénateur s'était fait berner quand, juste après le vote de l'amendement, il avait fourni la localisation d'Erna Demol au parti du président conformément à l'accord. Mais ses adversaires machiavéliques avaient alors aussitôt engagé un recours pour vice de procédure. L'amendement avait été revoté. Et cette fois, il n'était pas passé. La guerre était à nouveau déclarée.

Espérant qu'il ne fût pas trop tard, Dawson s'était empressé de donner les ordres pour mettre Erna Demol à l'abri. Il avait la certitude que jamais ses adversaires n'iraient la chercher sur cette île perdue. Il avait repris l'avantage.

C'était ce qu'Andrew Dawson pensait juste avant d'apprendre qu'Erna Demol pouvait être géolocalisée.

13

Vincent s'impatientait.

Elle en met du temps pour se badigeonner d'anti-fourmis, pensa-t-il. *Tant pis pour elle si je la vois à poil. J'y vais !*

Il poussa la porte de la cabane et sortit. Il vit alors arriver la jeune femme, les mains et le visage maculés par la mixture.

— Il vous en a fallu du temps, râla-t-il. Vous vous en êtes bien mis partout sur le corps ?

— Oui, super. J'sens plus les piqûres.

Malgré un rictus de façade, elle tremblait. Il s'en aperçut.

— Ça ne va pas ?

— Si, si ! J'ai juste un peu froid.

Par plus de trente degrés à l'ombre, il y avait problème !

— Allongez-vous !

Elle se sentait mal et ne se fit pas prier. Mais elle n'avait pas prévu qu'en s'étendant sur le sol, la jambe droite du pantalon remonterait et dévoilerait le bracelet de sa cheville.

— Qu'est-ce que c'est que ce truc ? s'étonna Vincent.

— Rien. C'est pas ça le problème. Et puis, j'm'en fous, j'arrive pas à l'enlever.

Il lui attrapa le pied et releva le tissu jusqu'au-dessus du mollet. Un bracelet de surveillance ! Il comprit immédiatement : Blanche-Neige était une détenue en cavale ! Au moins, ça lui ôtait un doute. Il avait cru un instant qu'on avait retrouvé sa trace et que cette femme était une sorte d'espionne pour faire… il ne savait pas quoi. Il évacua l'hypothèse avec soulagement. Finalement, elle n'était « qu'une criminelle ». Puis ses neurones enchaînèrent à la vitesse de l'éclair : et si, en plein milieu du Pacifique, la puce électronique du bracelet fonctionnait toujours ? Il existait des modèles sophistiqués géolocalisables sur toute la planète. Le risque était différent, mais bien réel !

— Assez joué ! Vous êtes qui ? Une meurtrière ? Une terroriste ?

— Non, j'ai rien fait, j'vous jure !

Erna fut saisie de convulsions. Vincent ne s'y trompa pas. Il lui lâcha la cheville et lui attrapa le bras. Puis il remonta la manche et examina la pliure du coude.

— Et en plus vous êtes camée ! Mais pourquoi avez-vous débarqué sur mon île ? Il existe plein d'autres endroits où vous auriez pu aller !

Elle se sentit finalement délivrée d'un poids. Il avait compris. Plus de raison de mentir !

— Je veux une dose ! J'en ai besoin.

— Désolé, Blanche-Neige, on n'a pas de ça ici.

Une raison de plus pour la ramener à Manus et la laisser se débrouiller pour trouver sa came. Mais auparavant, il fallait se débarrasser en urgence de l'accessoire indiscret. Vincent courut au bunker et revint avec un coupe-boulon muni de longs bras.

Le bracelet ne résista pas. Il le retira de la cheville sous le regard ébahi d'Erna, stupéfaite qu'un robinson puisse posséder ce genre d'outil. Elle l'observa ficeler l'objet à un morceau de bois mort, puis courir jusqu'au cap pour le jeter dans l'océan. Vincent avait remarqué un fort courant marin à cet endroit quand il cherchait un lieu de mouillage pour son bateau aux premiers temps de son installation. Avec un peu de chance, dans quelques heures, la fugitive serait localisée très loin en pleine mer.

En revenant près d'elle, il la retrouva se contorsionnant sur le sol. Elle attrapait tout ce qu'elle trouvait autour d'elle, des bois et des pierres qu'elle frappait contre les racines. Elle s'interrompit un instant et demanda :

— J'ai besoin d'un fix. Trouvez-moi de la came !

— Non, rien du tout ! De toute façon, je n'en ai pas. Alors, sevrage à la dure ! Allez, maintenant on file au bateau !

— J'en ai besoin. Trouvez-en, putain ! Sinon je vais crever ! insista-t-elle en sentant monter l'angoisse.

Il essaya de la relever, mais elle refusa de se mettre debout. Elle gesticulait de plus belle. Vincent reçut trois coups de poing et dut se rendre à l'évidence : elle était plus forte que lui. Il la relâcha et recula de quelques mètres. Tout en se contorsionnant, elle se mit à hurler et à déchirer sa chemise. Il l'observait. Elle faisait pitié à voir.

— Votre dernier fix remonte à quand ? lui demanda-t-il.

– J'sais plus.

– Héroïne, c'est ça ?

– J'en sais rien. Oui, j'crois. Mais arrêtez vos putains de questions et trouvez-moi de la dope ! J'vais crever.

Vu l'état de manque, il n'en tirerait rien de plus.

Impossible de se rendre au bateau pour la ramener à Manus tant qu'elle serait dans cet état. Il réfléchit et hésita un moment avant de se décider. Une fois shootée, elle serait transportable. Pas d'autres solutions ! Mais pourquoi cette satanée bonne femme avait-elle choisi le *Tamarua* parmi la centaine d'embarcations amarrées au port de Lorengau ?

Cinq minutes plus tard, Vincent revenait du bunker et retrouvait Erna qui s'était relevée et se tapait la tête contre la porte de la cabane. Elle vociférait des insultes à des interlocuteurs imaginaires.

– Calmez-vous ! lança Vincent. J'apporte ce que vous voulez.

Elle se tourna vers lui et s'immobilisa en gardant la bouche restée ouverte par sa dernière injure. Elle n'arrivait pas à le croire. Il tenait une seringue dans la main. Elle se jeta à ses pieds, lui attrapa et lui enserra les mollets.

– Vite ! Dépêchez-vous ! Je ferai ce que vous voudrez, je vous le promets.

Il ne lui demandait rien, mais le spectacle était affligeant. Il posa sur une pierre la petite ampoule et le garrot qu'il tenait dans l'autre main. Il se dégagea de l'étreinte démente et fit s'allonger la jeune femme. Bizarrement, elle se calma, laissant toutefois son corps s'animer de convulsions anarchiques.

Vincent aurait préféré intervenir ailleurs qu'à même le sol pour de simples raisons d'hygiène. Mais l'urgence s'imposait.

— Donnez-moi votre bras !

Elle le lui tendit sans hésiter. Pas de manche à remonter, la chemise n'était plus que lambeaux et le bras était déjà nu. Vincent remarqua en même temps des griffures sur le ventre, résultat de l'automutilation qu'elle avait dû s'infliger le temps de son aller-retour au bunker.

Il cassa le bout de l'ampoule pour remplir la seringue, plaça le garrot sur le bras et serra. La jeune femme le regarda chercher la veine à l'intérieur du coude puis planter l'aiguille et relâcher progressivement le garrot.

Le flash ne survint pas. Elle en fut surprise, mais une onde de chaleur arriva quand le produit lui irrigua le cerveau. Qu'importe ! Les douleurs abdominales et rénales ainsi que les sensations de froid s'effacèrent. Tous ses muscles se détendirent. L'angoisse fit place à la sérénité. Étendue sur le sol, elle regarda son bienfaiteur avec un sourire béat.

— Merci ! Oh, merci !

Elle planait. Elle se sentait tellement bien. Elle lui aurait tout donné !

14

Deux heures plus tard, Erna avait quitté son paradis artificiel et était redescendue sur terre. Elle tentait de se justifier auprès de Vincent qui ne croyait pas un mot à ses explications.

— Ce n'est pas de ma faute. Je n'ai jamais voulu me droguer. J'ai été obligée. En tout cas, encore merci !

— Inutile de me remercier. Je ne l'ai pas fait pour vous mais pour moi afin de vous remettre en état pour vous reconduire à Lorengau.

Cet aveu replongea Erna dans la dure réalité. Hors de question de retourner là-bas ! Pour l'instant, il fallait gagner du temps, amadouer monsieur Grincheux, discuter et le dissuader de la renvoyer à Manus. Elle ramena la conversation à la drogue :

— J'savais bien que vous en aviez !

— Ce n'est pas de l'héroïne que je vous ai injectée.

— C'était quoi ?

— Vous n'avez pas à le savoir.

Elle attaqua par une autre porte :

— Pourtant, vous savez piquer et vous êtes équipé : la seringue, le garrot… Vous êtes toubib ?

Vincent ne répondit pas. En dire le moins

possible ! Passer à autre chose. Son regard se porta sur les lambeaux de la chemise. Le soutien-gorge restait le seul rempart à la nudité du buste.

— Je vais vous donner une autre chemise. Ce sera la deuxième. Prenez-en soin cette fois !

Il regretta immédiatement sa touche d'humour.

Dix minutes plus tard, il entraînait la jeune femme vers le *Tamarua*. Ne pas s'éterniser afin d'être de retour avant la nuit. Erna avait tout tenté pour le convaincre de la garder au moins quelques jours. Elle avait même commencé à lui révéler des bribes de son histoire qu'il avait cependant refusé d'écouter.

L'embarcation qui apparut au loin sur l'océan allait lui offrir ce qu'elle n'avait pu obtenir par le dialogue.

Un instant, Vincent pensa à Moérii. Non, le bateau n'était pas le *Kundu*. Mais pas d'ambiguïté possible, il se dirigeait vers l'île. Qui était ce nouvel intrus ? Il se replia vers les premiers arbres pour voir sans être vu.

À bord de la puissante vedette, Palmer sortit les jumelles pour observer l'île qui se rapprochait. Il repéra le *Tamarua* ancré dans la crique.

— Il est bien là, lança-t-il à ses hommes. Willy, tu débarques avec moi ! John, tu t'occupes de son rafiot. Les autres, vous restez à bord et vous nous attendez !

De par son physique, Palmer affirmait naturellement son autorité grâce à sa corpulence. Il la devait autant à sa graisse qu'à ses muscles ainsi qu'à sa taille d'un mètre quatre-vingt-quinze et à son visage rebutant à cause d'une large cicatrice sur la joue gauche.

Vincent comprit immédiatement. « Ils » recherchaient la fille et avaient dû localiser le bracelet de surveillance comme il l'avait craint. S'ils la retrouvaient sur son île, il était perdu.

Plus question de partir avec le *Tamarua*, ils seraient vite rejoints. Retour à la cabane, et au pas de course !

Erna avait récupéré tous ses moyens. Arrivée à destination, elle écouta Vincent haletant lui déclarer :

— Ici, ils vont vous trouver. Suivez-moi !

Le plus simple aurait été de remettre la fille à ses poursuivants et ainsi garder secrète l'existence de son repaire. Il évalua le risque. La faire pénétrer dans son antre, n'était-ce pas lui livrer son passé ? Non car elle ne découvrirait pas grand-chose. Elle constaterait seulement qu'il était bien organisé et bien équipé.

Il l'entraîna jusqu'au bunker en début de jungle.

— Je vais m'occuper d'eux. Ils ont dû localiser votre bracelet, mais avec les courants il est déjà à plusieurs milles d'ici. Je leur dirai que vous m'avez volé un canot et que vous vous êtes enfuie.

— Vous imaginez qu'ils vont vous croire ?

— C'est mon affaire.

Ils pénétrèrent dans le bunker. La première pièce donnait sur deux couloirs. Vincent entraîna Erna à travers le second. Un vrai dédale : des salles minuscules où s'infiltrait la lumière par des meurtrières horizontales quand celles-ci n'étaient pas obstruées par la végétation envahissante. L'édifice construit par les Japonais en 1942 pour tenir l'île contre les assauts de l'armée américaine avait été abandonné après la guerre. Au fil des années la jungle l'avait cerné, le dissimulant davantage.

Arrivé au bout du couloir, Vincent déplaça une caisse au ras du sol et dévoila un trou d'homme dans le mur.

— Glissez-vous là derrière et ne bougez pas jusqu'à ce que je revienne vous chercher !

Elle se mit à quatre pattes et franchit l'étroit passage.

— Il n'y a pas de lumière ? demanda-t-elle une fois de l'autre côté.

— Vous n'en avez pas besoin. Maintenant, taisez-vous et ne remuez pas, même le petit doigt !

15

Vingt minutes ? Une demi-heure ? Difficile d'estimer le temps écoulé quand on est dans le noir. Erna s'interrogeait. Devait-elle continuer à attendre sagement le retour de monsieur Grincheux comme il le lui avait demandé ou bien repousser la caisse derrière le trou et voir ce qui se passait dehors ? De l'autre côté, les bruits avaient cessé et les voix s'étaient tues. La fouille du bunker était vraisemblablement terminée. Elle avait été étonnamment brève. La cachette était bonne car ils ne l'avaient pas trouvée. Normalement, Erna ne risquait rien à ressortir. Elle préféra toutefois jouer la prudence et attendre encore.

Pour s'occuper, elle se mit à explorer en aveugle son réduit. Elle posa les mains sur le mur en tâtonnant, à la recherche de quelque chose sans vraiment savoir quoi. Après quelques mètres, ses doigts rencontrèrent du métal. Une grande plaque contre la paroi. Une porte ? La jeune femme tenta de l'ouvrir en tirant et en poussant. En vain. Une exploration complémentaire au toucher ne révéla aucune serrure. Mais dans le noir, pas facile de réaliser une inspection minutieuse.

Faute de trouver une autre issue, Erna se résolut à quitter sa cachette par où elle était entrée. Elle retourna vers le trou d'homme, déplaça la caisse et sortit prudemment. Aucun bruit, elle avança dans le couloir. Ses yeux s'étaient habitués à la faible lumière qui régnait à l'intérieur du bunker. Elle découvrit différents objets qu'elle n'avait pas remarqués à l'aller : des bidons, des boîtes de conserve, des bouteilles de gaz, de l'essence et un nombre impressionnant de caisses... De quoi soutenir un siège. Que pouvaient contenir ces caisses ? Le moment n'était pas propice à satisfaire sa curiosité. Erna arriva près de la sortie. Elle glissa la tête à l'extérieur. Personne ! Ils avaient dû repartir. Mais monsieur Grincheux, où se cachait-il ? Elle ne le connaissait que depuis la veille, il ne l'avait pas accueillie avec bienveillance, il voulait la ramener à Manus. Pourtant, elle s'inquiéta pour lui. Sans doute parce qu'il ne l'avait pas livrée à ses poursuivants.

Elle se rendit jusqu'à la cabane.

Elle le découvrit étendu et gémissant devant la porte, le visage en sang. Elle s'accroupit, se pencha au-dessus de lui et lui releva la tête.

— C'est eux qui vous ont arrangé comme ça ? demanda-t-elle naïvement.

— Ou...i. Ils voulaient savoir où vous étiez.

Il remua et grimaça.

— Attendez ! Ne bougez pas. Vous avez mal où ?

— Partout.

Elle retira la main de derrière la tête de Vincent et alla chercher quelque chose dans la cabane pour servir d'oreiller. Elle rapporta aussi un linge et la gourde. Elle le fit boire et lui nettoya le visage. Le sang provenait du nez à la suite d'un coup reçu. Pas d'autres blessures.

— Mal au ventre et à la poitrine, compléta-t-il. Peut-être des côtes cassées.

Mais après un rapide examen, le diagnostic se montra plutôt rassurant. Vincent put redresser le buste.

— Ils ne vous ont pas trop tabassé, constata Erna, étonnée.

— Vous trouvez que ce n'est pas assez ? J'aurais voulu vous y voir.

— Oui. Pardon. En tout cas merci de ne pas m'avoir livrée à ces brutes.

— De rien. Le stratagème du bracelet a bien fonctionné. Ils ont cru à mon histoire : vous m'avez volé un canot et vous avez quitté l'île.

L'explication laissa tout de même Erna circonspecte.

Vincent se releva.

— On retourne au *Tamarua*, enchaîna-t-il. Venez !

Elle ne comprenait plus. Elle pensait qu'il avait changé d'avis en la dissimulant à ses poursuivants. Bizarre ! S'il voulait vraiment se débarrasser d'elle, il aurait été plus simple de la livrer plutôt que de la ramener à Manus.

— Mais je croyais que je pouvais rester.

Il ne répondit pas et partit en direction du lieu de mouillage du *Tamarua*. Erna décida d'utiliser un autre registre. Elle s'assit sur le sable et le regarda s'éloigner. Il ne la rappela pas à l'ordre pour le suivre. C'était plutôt bon signe.

Quel drôle de type !

16

Washington D.C.

L'image des souris de laboratoire emprisonnées dans leur bocal après qu'on leur eut fermé la seule issue qui autorisait une sortie traversa la tête d'Andrew Dawson.

Les informations qu'il venait de recevoir de Manus lui permettaient de pousser plus loin la métaphore. Il déciderait quand la souris sortirait du bocal. Le jour où il en aurait besoin. Le rat, lui, était devenu totalement inutile, il aurait pu s'en débarrasser, mais il devait le garder en vie à cause de la promesse faite deux ans plus tôt et qu'il s'étonnait encore de respecter.

Comment les deux animaux de laboratoire allaient-ils cohabiter ? Le rat ne finirait-il pas par dévorer la souris ? Cette idée l'amusa, même si sa matérialisation perturbait ses plans.

Pourquoi cette métaphore lui était-elle venue à l'esprit ? Certainement à cause des recherches en cours qu'il suivait avec attention.

La voix de son chauffeur sortit Andrew Dawson de ses pensées.

— Excusez-moi, monsieur ! Je me permets de

vous rappeler que vous êtes attendu à l'aéroport dans moins d'une heure.

17

Incroyable comme les choses avaient pu évoluer en trois jours. Monsieur Grincheux était devenu méconnaissable. Erna continuait pourtant à le nommer ainsi alors que le sobriquet n'était plus de mise tant Vincent se montrait désormais sympathique.

Il avait changé d'attitude quand il avait compris qu'il ne pourrait pas se débarrasser de Blanche-Neige avant la venue de Moérii.

Le bateau était inutilisable. Avant de repartir, les visiteurs importuns avaient saboté le moteur et criblé de balles la radio VHF avec un fusil mitrailleur.

Désormais coupé du monde, Vincent n'avait d'autre choix que d'héberger Erna.

— La radio du *Tamarua* est foutue et je ne sais même pas si le moteur est réparable, lui avait-il annoncé d'une humeur maussade. Je verrai ça avec Moérii. Il doit passer me ravitailler en fin de semaine. Vous repartirez avec lui.

La mauvaise nouvelle du séjour forcé en était au contraire une bonne pour la jeune femme. Elle essaya toutefois de ne pas le montrer.

Vincent lui avait alors expliqué comment ils allaient s'organiser. Il lui laisserait la cabane, et lui s'installerait dans le bunker. Mais pas question de se la couler douce. Elle devrait apporter sa contribution à la vie communautaire.

Erna découvrit avec étonnement les équipements de son hôte : un four solaire, un système d'éclairage grâce à des batteries alimentées par des panneaux photovoltaïques, des récupérateurs d'eau de pluie. Sans parler des réserves de nourriture constituées par des centaines de boîtes de conserve de toute sorte bien rangées dans les pièces du bunker. Il y avait même une ventilation pour chasser l'humidité.

Aucun doute possible, Vincent n'était pas un Robinson Crusoé arrivé par hasard sur son île lors d'une tempête.

Elle avait cherché à obtenir des explications, en vain.

— Profitez de l'instant présent, Blanche-Neige ! s'était-elle entendu répondre. Estimez-vous heureuse que je ne vous jette pas à la mer !

Elle était persuadée qu'il n'aurait pas mis la menace à exécution, mais les propos avaient momentanément freiné sa curiosité.

Pour la première fois depuis longtemps, Erna prit du recul. Elle était à l'abri sur cette île, mais pour combien de temps ? Ceux qui la recherchaient n'allaient-ils pas revenir quand ils auraient compris le subterfuge du bracelet électronique ? L'île n'était qu'un asile provisoire. Réflexion faite, elle devait partir. Mais pas pour Manus. Le seul endroit où elle serait en sécurité était la France, loin de ceux qui la poursuivaient.

Contacter la France ? Mais comment ? La question restait sans réponse.

En trois jours, Erna avait pris ses marques. Elle avait emprunté une nouvelle chemise à son hôte et même appris à laver ses sous-vêtements avec de la cendre pour ne pas gaspiller le savon de la réserve comme Vincent le lui avait recommandé. Et en plus, l'homme avait un côté écolo !

Les fourmis électriques et autres insectes ne l'ennuyaient plus. Chaque jour, elle se badigeonnait le corps avec le produit miracle.

Depuis qu'il n'était plus seul, Vincent s'astreignait à porter un short ou un pantalon, sauf quand il ramassait les coquillages comme à cet instant. Erna hésitait à le rejoindre. Elle lui avait pourtant promis d'utiliser ses talents de nageuse pour pêcher des poissons dans le lagon.

Une piqûre de fourmi lui rappela qu'elle devait s'appliquer sa mixture quotidienne. Elle partit en lisière de la jungle en longeant le bunker par la droite. Si elle n'avait pas baissé la tête à cet instant, elle n'aurait jamais remarqué ce détail : un câble sortait par une meurtrière et courait sur le toit de la casemate. Elle contourna la masse de béton pour suivre son parcours des yeux et enfin apercevoir un morceau d'antenne parabolique au plus haut de l'édifice.

En plus de l'électricité, Grincheux s'était-il offert

le luxe de la télévision ? Par curiosité, elle voulut en avoir le cœur net. Elle retourna sur ses pas, d'abord pour s'assurer que Vincent ramassait toujours ses coquillages, ensuite pour pénétrer dans le bunker et chercher l'autre bout du câble. Elle le trouva sans problème, le suivit jusqu'à un boîtier raccordé à un cordon plus fin. Ce fil d'Ariane la conduisit à une caisse qu'elle ouvrit. Un ordinateur portable était dissimulé à l'intérieur.

Une idée folle germa dans la tête d'Erna : le PC, la parabole, Internet… Non ! Peu probable, elle aurait certainement besoin de codes et de mots de passe pour se connecter. Elle n'eut pas le loisir de poursuivre car elle entendit du bruit dans le bunker. Elle referma délicatement la caisse et attendit. Le silence était de retour. Avait-elle rêvé ?

Finalement pourquoi se cachait-elle ? Elle ne faisait rien de mal. Pourquoi ne pas carrément demander à son hôte de se connecter à Internet avec ce PC ? Une prudence instinctive mais incompréhensible l'en dissuada.

Pourquoi ne pas essayer ? Elle rouvrit la caisse, bascula le couvercle du portable et appuya sur le bouton de mise sous tension. Miracle, l'ordinateur démarra !

Aucun mot de passe. Les informations défilèrent sur l'écran :

Domaine : Laboratoire Froment
Utilisateur : Vincent

À la lecture de ces informations, elle s'interrogea.

Qui est ce laboratoire Froment ? Qu'importe !

Le bureau Windows apparaît… et en français ! Vite, lancer le navigateur ! La mire Google s'affiche. Incroyable ! J'ai une connexion Internet ! Comment est-ce possible ? Pas le moment de chercher à comprendre !

Vite ! Le Webmail ! Des semaines que je n'ai pas pu relever ma boîte ! Une montagne de courriels, des spams pour la plupart, et au milieu, des messages de Géraldine. Pas le temps pour les lire tous, voyons le dernier :

« Erna, je suis inquiète. Un mois que tu ne réponds plus à mes mails. Donne-moi vite de tes nouvelles !
Bisous.
Gégé. »

Le début d'une solution pour regagner la France apparut : Géraldine ! Pourquoi ne pas y avoir pensé plus tôt ? Comment procéder ? Géraldine n'allait pas monter une opération de sauvetage depuis les antipodes pour la rapatrier. De plus, Erna était incapable de dire précisément où elle se trouvait.

Pour l'instant tout danger était écarté. Alors, il fallait simplement commencer par rassurer Géraldine, mais vite pour ne pas se faire surprendre ! Erna saisit une réponse rapide. Pas le temps d'en raconter davantage !

Elle cliqua sur la touche « envoi », puis se déconnecta, éteignit l'ordinateur et referma la caisse.

Une question s'invita dans sa tête : pourquoi ses poursuivants qui avaient pris soin de détruire les instruments de communication du bateau n'avaient-ils pas mieux fouillé le bunker ? Ils auraient découvert, comme elle, la parabole et l'ordinateur.

S'en ouvrir à Vincent ?... Son instinct le lui déconseilla.

18

Ce soir-là, poisson au menu ! Une raie à tête d'ange pêchée par Erna à l'aide du fusil-harpon que Vincent avait sorti du bunker. Un jeu d'enfant pour la nageuse accomplie.

En attendant l'heure du repas, la jeune femme s'était isolée dans la cabane. Ses sous-vêtements séchaient à l'extérieur. Ne les ayant pas retirés pour sa partie de pêche sous-marine, elle les avait rincés à l'eau douce et devait attendre pour les remettre.

Elle s'était allongée sur le futon et se sentait bien, jusqu'à ce qu'une soudaine déprime l'envahisse. Une douleur s'installa alors dans ses reins. Une crampe lui bloqua la jambe. Elle se mit à trembler, à avoir froid.

Putain ! Ça revient !

Elle décida de lutter. Elle pensa au poisson qui grillait sur le barbecue. Le symptôme de manque s'estompa. Elle s'assoupit. Avait-elle gagné ? Trop tôt pour le dire.

Vincent la réveilla en frappant contre la porte :

— Blanche-Neige ! À table ! La raie trop cuite, ce n'est pas bon !

Elle se redressa. Le temps de réaliser, elle répondit :

— D'accord, Grincheux. Je m'habille et j'arrive.

La raie était délicieuse. Assise en tailleur en face de Grincheux, Blanche-Neige appréciait autant le poisson grillé pêché l'après-midi que le rhum papouasien.

— C'est le seul alcool potable qu'on trouve dans la région, lui avait déclaré Vincent en remplissant les verres.

Il omettait de signaler qu'il possédait tout de même un lot de bouteilles plus internationales en réserve dans le bunker.

— Nous buvons et mangeons « local » : rhum, sagou et raie, ajouta-t-il. À ce propos, bravo pour votre pêche, ça me change des coquillages !

Elle fit une grimace qu'il ne remarqua pas. Douleur dans le ventre puis de nouveau dans les reins. Ça la reprenait. Elle but son verre d'un trait et le tendit à son hôte pour qu'il le remplisse.

— Attention ! prévint-il. Ça se boit comme du jus de fruits, mais ça vous saoule en un rien de temps.

Exactement ce qu'elle voulait ! Elle avala d'un coup le contenu du verre. Chasser le besoin de drogue par l'ivresse. Vite ! Encore un, à ras bord ! Pour être plus rapide que son cerveau qui réclamait sa récompense, mais qui se montrait finalement plus fort qu'elle en persistant à lui faire ressentir son état de manque.

Malgré sa volonté de ne pas le laisser voir, Blanche-Neige craqua :

— Piquez-moi avec votre truc de l'autre jour !

Pour sa part, Vincent commençait à peine à se

sentir bien et à apprécier la soirée. Il se montra intransigeant :

— Non !

Le refus fit à Erna l'effet d'un coup de massue. Elle se précipita sur lui, l'attrapa et le secoua.

— S'il vous plaît ! supplia-t-elle. Comme l'autre jour. Juste une fois.

— L'autre jour, c'était un palliatif. Mais il ne faut pas en abuser, sinon vous allez passer d'une addiction à une autre.

— M'en fous ! Ça fait pareil ou presque. C'était quoi vot'came ?

À quoi bon le lui cacher ?

— Morphine.

— Putain ! J'savais qu'vous étiez toubib. Vous en avez encore, j'en suis sûre. J'en veux.

— Il n'y en a plus !

Elle ne le croyait pas. Elle tendit de nouveau son verre. Vincent la resservit. Il calcula : un demi-litre de rhum. Normalement, l'état de manque devrait se mettre en veilleuse. Il espérait cependant que Blanche-Neige avait le cœur solide. L'alcool et la drogue ne font jamais bon ménage !

Une dizaine de minutes se passa avant que l'ivresse ne l'emporte :

— Vincent, j't'appelle Vincent, c'est mieux qu'Grincheux, mais toi tu peux continuer à m'appeler Blanche-Neige, j'aime bien Blanche-Neige. D'ailleurs, toi, t'es pas Grincheux, t'es mon prince charmant comme dans Blanche-Neige !

Elle bégayait et mâchait ses mots, une véritable

caricature de femme saoule.

— Comme vous voulez, Blanche-Neige ! répondit-il en conservant le vouvoiement.

— Tu m'as délivrée, mon prince. Sans toi, j'serais en taule avec Paquita. Tu connais pas Paquita ? Tu perds rien ! Une vraie salope, Paquita ! C'est à cause d'elle qu'y m'faut de la came. Paquita, elle est méchante, mais toi, t'es gentil.

Elle se jeta de nouveau sur lui, mais pas pour l'agresser cette fois, seulement pour l'embrasser.

Certaines images furtives du passé s'invitèrent dans la tête de Vincent. Il les évacua, tout comme il repoussa Erna qui, portée par son élan éthylique, le couvrait de baisers.

Loin de la calmer, ce rejet intensifia l'audace de Blanche-Neige. Elle se releva et dodelina du corps tout en maintenant un équilibre précaire.

— Pourquoi tu veux pas de moi, mon prince ? Je te plais pas, c'est ça ?

— Non, ce n'est pas ça… balbutia-t-il à la fois troublé et compréhensif. Mais vous n'êtes pas dans votre état normal.

— J'te plais pas, j'suis sûre que j'te plais pas. Mais c'est pa'ce que tu m'as pas vue toute nue. Moi, j't'ai vu tout nu, alors, y'a pas d'raison.

Elle entama un strip-tease improvisé que Vincent voulut interrompre. Il se leva. Elle avait déjà enlevé la chemise. Elle déboutonnait le pantalon. Il devait l'arrêter avant qu'il ne soit trop tard, pourtant quelque chose le retenait. Les images vieilles de deux ans s'imposaient à lui. Il l'aimait, il s'était promis de ne jamais recommencer avec une autre.

Ignorant les pensées préoccupantes qui bouillonnaient dans la tête de son prince, Blanche-Neige terminait son strip-tease beaucoup plus pataud qu'érotique à cause de l'imprégnation alcoolique. Elle avait même trébuché en retirant son slip et était tombée. Cette chute ne l'avait pas arrêtée dans son délire. Elle s'était relevée et désormais elle dansait nue au son d'une musique imaginaire. Vincent tenta, sans y parvenir, de détourner les yeux de ce corps provocant. Il rusa en cherchant à analyser l'anatomie autrement que sexuellement. Il se remémora les femmes et les hommes qu'il avait tués. Tous morts par sa faute ! Il se focalisa sur une vision morphologique des choses. Erna était charpentée. De belles épaules et des muscles. Conséquence de la pratique de la natation à haut niveau, pensa-t-il. Seul l'embonpoint du ventre et des hanches interférait avec cette allure sportive. Cette anatomie lui en rappelait une autre.

Elle revint se frotter à lui et réitéra ses provocations :

— J'te plais maintenant, mon prince ? Dis-moi oui et baise-moi !

Le contact avec la peau, les frottements… non ! Il ne devait pas, sinon il ne se contrôlerait plus et le regretterait. Il la repoussa une nouvelle fois. Elle tomba mais ne se releva pas. L'alcool terminait son œuvre. Elle remuait et gémissait. Vincent lui prit le pouls. Il jugea qu'elle pouvait cuver sans risque. Il chercha à la rhabiller sans y parvenir. Il fit un aller-retour au bunker pour rapporter une couverture qu'il posa sur elle.

Il avait résisté et en était soulagé. Il décida d'aller dormir loin d'elle pendant que la situation le permettait. Il savait que le réveil serait difficile.

<h1 style="text-align:center">19</h1>

À la lueur du ciel austral étoilé, une forme remuait sous une couverture. C'était Erna qui gesticulait. Les douleurs avaient repris possession de son corps. La jeune femme se réveilla, angoissée et envahie par la nausée autant créée par l'état de manque que par l'excès de rhum papouasien. Pourquoi n'était-elle pas dans la cabane ? Pourquoi était-elle nue sous cette couverture ? Les souvenirs revinrent par bribes. Mais c'était surtout le besoin de drogue réclamée par son cerveau qui la préoccupait.

Morphine ! Il a parlé de morphine. Il m'en faut. Il en a. Je me rappelle parfaitement ! Je lui ai même proposé de coucher avec lui pour en avoir. Est-ce que je l'ai fait ? En tout cas, il m'a pas donné ma dose, ce salaud ! Je vais lui réclamer !

Erna avait froid, autre effet du manque. Elle se leva avec difficulté à cause d'une nouvelle crampe. Pas le temps de s'habiller. Elle conserva la couverture sur le dos et se rendit au bunker. Elle pénétra dans la casemate. Elle se rappela avoir vu Vincent basculer un interrupteur sur la droite quand il lui avait fait visiter les lieux. Elle le retrouva. Une lumière blafarde éclaira le couloir.

Erna entra dans la deuxième pièce. Vincent dormait sur son futon et ronflait comme un cochon. Sans ménagement, elle le sortit de son sommeil :

— Filez-moi vot'came ! J'en ai besoin ! J'vais crever !

Le temps de se réveiller et de réaliser, il lui tint le même langage que précédemment. Hors de question de lui en redonner. Il répéta : sevrage obligatoire ! Ce serait dur, mais il le fallait !

— Salaud ! T'es un salaud !

Elle l'attrapa par le cou et chercha à l'étrangler. Il réussit à se dégager. Cependant, elle n'abandonna pas. Ce sale type ne voulait pas lui filer de la morphine. Tant pis, elle la trouverait dans la réserve, toute seule. Ce n'était pas lui qui l'en empêcherait !

La planche ! La planche posée contre le mur. L'effet de l'alcool aurait dû ralentir ses neurones, mais c'était sans compter l'état de manque qui au contraire les aiguillonnait. Elle se saisit du morceau de bois.

Vincent n'eut pas le temps de comprendre. La planche s'abattit sur son crâne. Il s'écroula.

Elle ne s'attarda pas pour constater les dégâts. Elle quitta la pièce et partit explorer le bunker.

Trouver la morphine ! Erna bouleversa tout dans la casemate pour dénicher la pharmacie du robinson.

Organisé comme il est, il doit bien posséder un stock de médicaments. La morphine est là, j'en suis certaine !

Elle fouilla l'édifice de béton dans les moindres recoins.

Hélas, rien, à part des outils, des caisses vides, des boîtes de conserve et une multitude d'objets hétéroclites. L'ordinateur de l'autre jour avait disparu, mais elle n'y prêta même pas attention.

— Pas la peine de tout foutre en l'air, vous ne trouverez pas de morphine !

Elle se retourna, interdite. Vincent la menaçait de son fusil.

Elle cria, hurla. Elle était complètement hystérique. Nullement à cause de l'arme pointée sur elle, seulement en raison de son insupportable état de manque.

— Vous me faites pitié, enchaîna Vincent. Je vais vous donner autre chose qui fera le même effet. Mais pour ça, il faut m'obéir.

— Oui ! Oui ! Tout ce que vous voudrez !

— Alors, retournez à la cabane et attendez-moi !

— Non, je veux vot'came tout de suite, ou alors flinguez-moi !

Elle accepta finalement de quitter la casemate lorsqu'elle comprit qu'elle n'obtiendrait rien si elle n'obéissait pas. De toute façon, lui n'aurait jamais cédé. Hors de question de révéler la cachette de la morphine ! Sans compter que lui permettre un nouveau trip retarderait l'échéance pour réaliser ce qu'il avait prévu.

Cinq minutes plus tard, Vincent entrait dans la cabane, un verre à la main. Sa couverture sur les épaules, Erna était prostrée tout en animant sa tête et son buste d'un balancement régulier, tel un automate.

– Tenez ! Buvez !

Elle se méfia.

– C'est quoi c't'embrouille ?

– De la codéine en solution buvable. Surdosée. Soyez tranquille, vous l'aurez votre flash, même avec ça !

Il mentait, mais elle était incapable de le savoir. Elle fixa du regard le gobelet tendu puis l'attrapa d'une main tremblante, le porta à ses lèvres et but l'intégralité. Le goût était horriblement amer, mais elle s'en foutait. Elle allait partir en voyage. Tout ce qui comptait pour elle !

Vincent l'observa. Elle avait avalé le contenu du gobelet. Elle gardait la bouche ouverte et continuait à se balancer. La singulière posture dura près d'une minute avant qu'Erna ne perde l'équilibre et tombe.

Elle était désormais inerte.

Vincent lui prit le pouls pour s'assurer que le rythme cardiaque restait raisonnable. Heureusement qu'elle était de constitution robuste !

La dose de *Zolpidem* qu'elle venait de boire à la place de la codéine aurait endormi un cheval. Le somnifère l'avait plongée dans un profond sommeil qui durerait suffisamment pour pouvoir s'organiser.

Il était temps que cette plaisanterie s'arrête. Les réserves pharmaceutiques qu'il avait constituées pour servir en cas de coup dur venaient de prendre une sacrée claque en quelques jours.

La douleur crânienne rappela Vincent à l'ordre. Cette conne avait manqué le tuer ! Dès qu'il en aurait terminé avec elle, il s'occuperait de sa blessure.

Après avoir retiré la couverture, il attrapa le corps inanimé par les pieds et le tira jusqu'au bunker.

20

Lunel — le même jour

Quand Géraldine ouvrit sa boîte mail, elle ne s'attendait pas à ce message :

« Re : Donne-moi de tes nouvelles
De : 'Erna'
À : 'Géraldine'

Coucou Gégé.
Je sais que ça fait longtemps. Je te rassure, je vais bien. Pas toujours été le cas. Je t'expliquerai. Je suis à l'autre bout du monde, sans savoir où exactement. Avec un type un peu bizarre qui se prénomme Vincent. Je ne connais pas son nom de famille.
J'essaie de t'en dire plus dans un prochain message.
Plein de bisous.
Erna.
PS Laboratoire Froment, ça te dit quelque chose ? »

Géraldine appela immédiatement Gratiol pour lui faire part du message qui se voulait rassurant et effaçait ses craintes. La journaliste s'excusa même d'avoir dérangé le détective à cause de son inquiétude infondée.

Le sujet aurait pu ainsi être clos. Mais en écoutant Géraldine lui lire le texte, Gratiol releva et associa des mots qui le projetèrent deux ans dans le passé quand il était encore capitaine de police à Lyon : « Vincent » et « laboratoire Froment ».

Information ni anodine ni rassurante, contrairement aux dires de son interlocutrice ! Gratiol se remémora l'affaire des vaccins du laboratoire Froment qui avait défrayé la chronique deux ans plus tôt.

L'ex-policier n'avait pas eu la charge de l'enquête, mais y avait participé épisodiquement en appui à son collègue, le commandant Roland Masurier.

Un énorme scandale pharmaceutique !

Le laboratoire Froment avait conçu et fabriqué un vaccin qui immunisait contre le virus Ebola Doba, évolution de celui d'Ebola avec le suffixe Doba, ville du Tchad où il était apparu pour la première fois. La société pharmaceutique avait-elle voulu griller les étapes ? Elle s'en était défendue : de nombreux tests avaient été réalisés avec succès avant l'expérimentation en Afrique. Un flou régnait malgré tout sur le sujet.

La vaccination entreprise au Tchad sur des individus sains pour les protéger de l'épidémie s'était transformée en catastrophe humanitaire. Au lieu d'être immunisées, les personnes vaccinées avaient vu la maladie s'installer et progresser à la vitesse de l'éclair. Elles étaient presque toutes mortes dans d'atroces souffrances trois jours après l'injection. L'agent antigénique fabriqué par le laboratoire s'était révélé infectieux et développait une variante de la maladie encore plus violente que l'originale.

Le laboratoire Froment, basé en région lyonnaise était dirigé par Vincent Froment, le petit-fils du fondateur de l'entreprise. L'héritier s'était défendu d'avoir voulu jouer les apprentis sorciers, accusant même ses concurrents du frelatage des vaccins à destination du Tchad.

Seul problème, la totalité des échantillons des lots des vaccins tchadiens avait disparu malgré la loi qui oblige à les conserver pour un possible contrôle a posteriori.

À N'Djamena et à Doba, les victimes se comptèrent par centaines, pas toutes tchadiennes comme l'épouse de Vincent Froment qui contracta elle aussi la maladie lors du lancement des opérations de vaccination en Afrique.

Quand Gratiol eut rapporté à Géraldine le bref historique, cette dernière s'exclama :

— Mais oui, bien sûr ! Je n'ai pas percuté ni fait l'association entre le prénom Vincent et le nom du labo. J'avais pourtant écrit à l'époque un ou deux articles sur l'affaire pour mon journal. Erna serait donc « à l'autre bout du monde » avec Vincent Froment.

Elle blêmit en prononçant ces mots. Elle se rappela les rumeurs qui avaient couru sur le patron du laboratoire et s'en ouvrit au détective.

— À cause d'un article qu'il avait publié dans une revue médicale, Vincent Froment a été accusé de vouloir utiliser des cobayes humains pour faire progresser la science…

Elle s'interrompit un court instant, le temps d'imaginer un lien avec la situation de son amie, puis reprit :

— Vous avez raison ! Erna est en danger. Qu'est-ce qu'on peut faire ? Prévenir la police ?

— Il faut d'abord être sûr que le Vincent du mail est bien Vincent Froment, déclara Gratiol. Il avait été mis en examen à l'époque. Mais il est vrai qu'on n'en a plus entendu parler. Je suis resté en contact avec un ancien collègue de la police de Lyon qui a enquêté sur l'affaire. Je vais l'appeler. De votre côté, répondez à votre amie. Tentez de la localiser précisément, surtout si elle est avec Froment.

— D'accord.

— Pour finir, vous êtes certainement plus compétente que moi pour réaliser des recherches sur Internet. Essayez de récupérer des infos de l'époque sur l'affaire.

21

Au téléphone, les « comment vas-tu depuis le temps » et les « qu'est-ce que tu deviens » avaient laissé place à l'échange d'informations.

— Il ne s'est pas passé grand-chose après la mise en examen de Vincent Froment, expliqua Masurier. Pour la bonne et simple raison que le bonhomme s'est évanoui dans la nature.

— Vous l'avez retrouvé ? demanda Gratiol.

— Non. Il est toujours recherché. Mais on pense qu'il est parti à l'étranger. Peu de chance de lui remettre la main dessus sauf à la descente d'un avion s'il tente de rentrer en France.

— Pas de mandat d'arrêt international ? L'utilisation de cobayes humains pour la recherche médicale qui provoque des centaines de morts, ce n'est pas rien !

— T'emballe pas, Laurent ! Le biologiste avec les méthodes de Josef Mengele, c'est des inventions de journalistes. À se demander d'ailleurs où ils vont chercher tout ça. Il y en a même qui l'accusent d'avoir assassiné sa femme en lui injectant son vaccin mortel. Non, la réalité est plus banale. Faute de preuves, il reste seulement poursuivi pour homicide involontaire.

— Il s'est quand même enfui.

– D'accord avec toi, ça aggrave son cas. Mais pour en revenir au problème de ta copine, je veux bien prendre sa déposition et la transmettre au juge. Mais je te préviens, elle sera classée sans suite.

L'expression « problème de ta copine » agaça Gratiol, mais il ne le montra pas. Pour le reste, Masurier n'avait pas tort. Rien ne prouvait que le Vincent du message fût Vincent Froment. Quant à « l'autre bout du monde », c'était un lieu suffisamment vaste pour dissuader d'entreprendre de recherches.

– Transmets-moi tout de même le mail, conclut Masurier pour apporter un peu d'aide à son ancien collègue. Si l'hébergeur est français, je pourrai peut-être savoir d'où provient le message.

Ils raccrochèrent en promettant de se revoir, comme ils en convenaient à chaque appel.

Gratiol restait sur sa faim. Mais ce manque d'éléments, ce flou, ces incertitudes lui provoquaient une folle envie de gratter dans ce dossier. Par goût, pas pour l'argent. Il avait compris que la petite journaliste n'avait pas les moyens de lui passer commande. Les enquêtes pour preuve d'adultère lui permettaient de subvenir à ses besoins alimentaires et payer la pension de son ex-femme. Mais il n'en retirait aucun plaisir. Creuser un dossier aussi original que celui que venait de lui apporter Géraldine Voltier était une récréation que Gratiol avait décidé de s'offrir.

Mais d'abord, en bon professionnel, il voulut s'assurer qu'il n'était pas manipulé.

Démarrer l'enquête à zéro. Première investigation : savoir qui est vraiment Géraldine Voltier.

22

Île de Wagatu – mercredi 8 août

Une étroite ouverture laissait passer un peu de lumière pendant la journée. Juste de quoi distinguer les quatre murs de la pièce. Le terme de pièce n'était certainement pas le plus approprié pour ce local de quatre mètres carrés, au sol en terre battue. Il fallait traverser deux salles dans le bunker et prendre un couloir resserré pour y accéder.

De gros anneaux scellés dans les murs constituaient les uniques ornements de cette salle qui avait jadis servi de cachot aux prisonniers de guerre des Japonais. En les dénombrant, on imaginait avec effroi la promiscuité carcérale dans l'étroit local.

Après une pause de trois quarts de siècle, le cachot reprenait du service en limitant toutefois l'hébergement à une seule captive.

Les sons qui sortaient de la bouche d'Erna n'avaient rien d'humain. Ils étaient, selon les moments, des hurlements, des râles ou des gémissements.

La couverture qui avait protégé son corps n'était plus que lambeaux. Dès son enfermement, deux jours plus tôt, Erna s'en était débarrassée, puis l'avait mordue, dépecée et déchiquetée dans des agissements incontrôlés. Tout comme elle s'était entamé les chairs de la cheville à force de tirer sur le bracelet de fer qui la retenait prisonnière par une chaîne fixée à l'anneau du mur. La jeune femme se comportait comme un animal pris dans un piège et capable de se mutiler pour se libérer.

L'état de manque atteignait son paroxysme.

Quand elle n'avait plus la force de crier ni de remuer, elle redevenait une masse de chair tremblante.

L'ampoule au-dessus de la porte s'alluma. Vincent Froment apparut. Il demeura un instant immobile dans l'embrasure pour la regarder. Il savait qu'il ne devait pas s'approcher.

Telle une furie, la femme en état de manque puisa en elle les quelques forces qui lui restaient pour se relever et se jeter sur lui. Elle bondit, mais sa chaîne la stoppa brutalement. Elle s'affala à moins d'un mètre du visiteur. Mais elle ne renonça pas. Elle se redressa, avança à l'extrême sa jambe libre vers lui au risque de se déchirer les adducteurs. Elle serra le poing et l'envoya en direction de son ennemi. Incapable d'estimer la distance, elle ne frappa que l'air devant elle.

Elle l'aurait tué !

Réalisant enfin l'impossibilité de cogner, elle se rabattit sur les injures :

– Enfoiré ! Fils de pute ! Fumier !

Ignorant les invectives, Vincent restait stoïque.

Pour la quatrième fois, il lui rendait visite pour lui apporter à boire et à manger. Il avait désormais l'habitude du scénario. Pour éviter que le bol et son contenu ne finissent explosés contre le mur comme précédemment, il était venu simplement avec trois galettes de sagou. Il les tendit à la prisonnière qui les envoya à terre d'un revers de main. Pour que l'eau ne subisse pas le même sort, il jeta la gourde derrière elle, espérant qu'elle boirait une fois qu'il serait reparti.

Les injures se raréfièrent. Erna changea de registre. Elle se laissa choir et rampa vers lui aussi près que sa chaîne le lui permettait. Elle releva la tête et regarda son bourreau :

– J'en veux ! Va m'en chercher ! S'il te plaît, j'en ai besoin, supplia-t-elle.

Il l'observait sans répondre. Une loque humaine. Il contempla froidement ce corps nu qui, en prenant des poses suggestives, aurait dans un contexte différent certainement éveillé son appétit sexuel. Heureusement, il n'en était rien.

Cette camée, souillée par ses urines, ses excréments et ses vomissures, sans parler de l'odeur qu'elle dégageait, aurait pu tout au plus lui inspirer de la pitié. Mais le professionnel qu'il était savait faire la part des choses et chasser la moindre émotion naissante.

Encore deux jours, peut-être trois, et elle serait prête !

23

Pendant plus d'une heure, Erna continua de supplier son geôlier bien qu'il fût parti depuis longtemps. Elle l'implorait de lui procurer de l'héroïne, de la morphine ou n'importe quelle autre drogue.

Elle était à bout de force et ses capacités cérébrales laissaient à désirer. Elle gratta le sol sous elle, attrapa une poignée de terre souillée et la mangea se persuadant que c'était de la drogue. Elle répéta les mêmes gestes avec les lambeaux de la couverture. Son estomac en jugea autrement et régurgita le mélange imprégné de terre, de laine et de déchets organiques qu'elle venait d'avaler.

Elle avait mal partout, mais surtout au ventre et aux reins.

Elle voulut mourir. Mais comment ? De quelle façon se suicider quand on est enchaîné et que l'on ne possède aucun instrument pour se pendre ou se trucider ?

Elle chercha à s'étrangler par elle-même. Impossible ! Ses doigts se desserraient par réflexe dès qu'elle commençait à manquer d'air.

Lasse, fatiguée, éreintée, elle s'allongea et gémit. Enfin elle s'endormit. Pour la première fois depuis qu'elle était enfermée, elle sombra dans un profond sommeil.

Les heures passèrent.

Quand elle se réveilla, elle ignorait le temps qui s'était écoulé. Certainement beaucoup plus que pendant les quelques assoupissements précédents.

Elle avait faim et soif. Elle se précipita sur la gourde et les galettes de sagou éparpillées à ses pieds. Elle but et mangea. Le franchissement de l'œsophage s'avéra difficile, mais elle ne vomit pas.

Ses muscles restaient douloureux, mais ses reins la faisaient moins souffrir.

Sans savoir pourquoi, elle se mit à pleurer.

Peut-être parce que les images du passé venaient de prendre possession de son esprit.

Elle ne chercha pas à lutter. Laisser les souvenirs l'envahir lui faisait du bien. Elle se remémora son arrivée sur la côte ouest des États-Unis cinq ans plus tôt. Un désir de découverte, de connaître autre chose que son existence dorée en France. Les souvenirs défilaient dans le désordre. La galère pour obtenir la fameuse *green card* afin de pouvoir travailler légalement. La reprise de la natation dans les bassins de Berkeley afin d'entretenir son niveau et participer à la course mythique de la traversée de la baie de San Francisco.

Côté vie sentimentale, les histoires avaient été nombreuses, la plupart du temps sans lendemain, avec des hommes de tous milieux et de tous âges qui n'avaient jamais généré la passion. Brandon, rencontré en mai, complétait la liste. Un brin marginal, cela changeait des relations bien habillées et rasées de près, sans toutefois rendre la liaison extraordinaire.

Jusqu'en juin dernier, l'existence d'Erna avait rimé avec banalité.

La jeune femme essaya ensuite de rassembler les souvenirs les plus récents, ceux du mois passé, malgré le trou noir de la nuit du 29 juin où sa vie avait basculé.

24

Un mois plus tôt

Erna marchait, tête baissée. Après s'être défendue, justifiée, rebellée, elle avait abandonné toute idée de révolte, désormais convaincue de l'inutilité de résister. S'ils avaient choisi de l'anéantir, ils avaient réussi. Ils étaient les plus forts et elle était incapable de lutter. Sans savoir qui mettre derrière « ils ».

Incompréhension, injustice, humiliation ! Aucun mot n'était assez fort pour traduire ce qu'elle ressentait !

Encore sous le choc de son arrivée à la prison, menottée et vêtue d'une combinaison de couleur orange fluo, Erna avançait, poussée par une gardienne nommée Betty. La surveillante, une Afro-Américaine de petite taille, travaillait à la prison de Kali depuis deux ans. Malgré sa frêle stature, Betty dégageait une autorité naturelle qui lui permettait de se faire respecter par les détenues en ayant rarement recours aux contraintes physiques.

Tout était allé si vite : l'arrestation à San Francisco, le transfert, l'explosion, puis le sac sur la tête et enfin la piqûre qui l'avait fait dormir. Elle s'était réveillée dans un avion où elle avait eu la surprise de se trouver seule, accompagnée de ses deux geôliers tout habillés de noir. À l'atterrissage, on lui avait remis le sac sur la tête pour la conduire dans cette prison effrayante.

À cet instant-là, Erna ignorait qu'elle était à Manus, une des cinq îles qui formaient l'État indépendant de Papouasie-Nouvelle-Guinée.

25

La prison de Kali était située à la pointe est de l'île de Manus. Les bâtiments de l'administration dataient des années soixante-dix, la partie carcérale avait quant à elle été aménagée dans d'anciens bunkers construits pendant la guerre du Pacifique.

Ce centre de détention était officiellement une prison de Papouasie-Nouvelle-Guinée. La réalité était un peu différente. Par des accords secrets, l'administration américaine avait établi à Kali une sorte de camp de Guantanamo dans le Pacifique. Elle y envoyait des détenus que la raison d'État était désireuse de voir disparaître du sol américain.

Kali était dirigé par Edgar Manatu, le neveu du gouverneur de l'île. Malgré quelques distances prises avec le respect des droits de l'homme, ce Mélanésien quadragénaire gérait son pénitencier avec efficacité et discrétion. Alors tout le monde fermait les yeux.

Le quartier des femmes avait reçu ce matin-là deux nouvelles arrivantes. Erna était l'une d'elles. Comme chaque fois, Manatu avait vérifié la somme contenue dans l'enveloppe remise en même temps par l'un des deux hommes en noir. Tant que les Américains payaient bien, Manatu s'abstenait de tout refus qu'aurait pourtant justifié la surpopulation carcérale.

Outre ses fonctions de directeur du pénitencier, Edgar Manatu possédait la plupart des plantations de l'île. En complément d'une main-d'œuvre peu onéreuse, il n'hésitait pas à utiliser celle, gratuite, qu'il avait sous la main, surtout à la période des récoltes.

Erna avait été débarquée de l'avion et conduite à la prison de Kali. Elle avait réclamé un avocat et avait reçu pour toute réponse le rire des gardiens mélanésiens. Elle avait cherché à se débattre et, malgré ses menottes, avait réussi à envoyer des coups de poing dans tous les sens. C'est alors qu'elle avait senti un choc indescriptible, une douleur brève mais intense. Ça n'avait pas duré plus de quelques secondes. Tout son corps s'était bloqué. Elle s'était crue paralysée et était tombée.

Erna avait fait connaissance avec les cinquante mille volts du *Taser* de son gardien.

— C'est seulement un avertissement, l'avait prévenue ce dernier. Maintenant, tu la fermes et tu restes tranquille !

Elle n'avait pas insisté. Elle s'était tue et avait cessé toute agitation. C'était trop horrible. Elle ne voulait pas risquer de recevoir une nouvelle décharge.

Elle avait alors assumé la suite des évènements en obéissant scrupuleusement aux ordres. Cette résignation avait été très dure, mais elle avait réussi à la supporter en prenant sur elle.

Elle avait dû se déshabiller entièrement devant

ses gardiens.

– Penche-toi et écarte les jambes !

Elle avait obéi et vécu le nouvel examen comme une humiliation extrême. Tellement différent de la policière de San Francisco ! Ils étaient trois, c'étaient des hommes ! Aucun gant ! Des rires sarcastiques ! L'envie de hurler, de s'enfuir ! Pourtant, elle s'était laissé faire : la crainte du *Taser* l'avait emporté sur tout le reste.

La fouille n'avait rien donné. On lui avait rendu son slip et son soutien-gorge qu'elle s'était empressée de remettre. Pour le reste, le deuxième gardien était passé derrière un comptoir et lui avait fourni son trousseau de détenue : un ensemble orange fluo constitué d'un pantalon et d'une tunique. Le tout sans bouton ni ceinture pour des raisons de sécurité. Après avoir annoncé sa pointure, elle avait reçu une paire d'espadrilles. On lui avait aussi fixé un bracelet à la cheville.

Seconde humiliation : le passage des ciseaux et de la tondeuse dans sa magnifique chevelure. Coupe ultracourte pour raison d'hygiène !

Erna avait ensuite revêtu son uniforme orange fluo. On l'avait à nouveau menottée. Betty, accompagnée d'une autre gardienne, était arrivée et l'avait prise en charge pour l'emmener au quartier des femmes.

26

Peu éclairé, sombre et humide, le bâtiment vétuste dans lequel les deux gardiennes et la détenue venaient de pénétrer n'avait rien de réjouissant. Erna imagina sa future cellule derrière une des portes métalliques qui se succédaient de chaque côté du couloir. Elle ne s'était pas trompée. Betty s'arrêta devant l'une d'elles et demanda à sa collègue de retirer les menottes à la prisonnière pendant qu'elle déverrouillait la serrure.

— Il va falloir vous serrer, les filles ! lança-t-elle à l'intention des occupantes des lieux en poussant Erna à l'intérieur.

Immédiatement, une voix rauque se fit entendre au fond de la cellule :

— Pas question ! On est déjà trois. Emmène-la dans une autre turne, Betty !

— Ta gueule, Paquita ! répliqua la gardienne. C'est pareil ailleurs. Vous n'aurez qu'à vous serrer !

La dénommée Paquita, une Mexicaine, compléta ses propos par une litanie d'insultes en espagnol qui resta sans effet. Betty avait l'habitude. Elle se contenta d'ajouter avant de refermer la porte :

— Un matelas va arriver. Je compte sur vous trois pour lui expliquer comment ça se passe ici.

27

La cellule, initialement prévue pour deux détenues, en accueillait désormais quatre : Paquita, Jane, Lexie et la nouvelle arrivante. L'équipement se résumait à deux lits superposés, un matelas au sol et un recoin avec un lavabo, une cuvette de w.c. et un placard fixé au mur. Vu la surface, cet espace toilette ne bénéficiait d'aucune intimité. C'était le premier détail qui avait frappé Erna en découvrant la cellule. La jeune femme n'était pourtant qu'au début de ses surprises. En effet, en guise d'accueil, sans lui laisser le temps de prononcer le moindre mot, Paquita, du haut de son lit, lui énonça les lois qui régissaient le minuscule endroit :

— Écoute-moi bien la nouvelle ! Tu vas pas nous faire chier longtemps dans notre piaule. On est déjà trop nombreuses. D'abord, tu dois connaître deux ou trois choses. Je m'appelle Paquita et, ici, c'est moi qui commande ! Alors pour commencer, tu vas t'asseoir là, à côté du matelas de Lexie, en attendant que le tien arrive. Allez ! Grouille !

Lexie resta silencieuse et Jane sourit bêtement.

Complètement déroutée, Erna s'exécuta.

— Ton nom, c'est quoi ? poursuivit la Mexicaine.

— Erna. Erna Demol.

— T'es Yankee ?

– Non, Française.

– Une Frenchie, c'est bien la première fois qu'on en voit une ici. T'es là pourquoi ?

– J'en sais rien.

– T'fous pas de ma gueule, la Frenchie ! On sait toutes pourquoi on est en taule.

Erna se mit en devoir d'expliquer les évènements incompréhensibles des dernières quarante-huit heures. Le visage de Paquita se ferma. L'histoire était crédible mais sans importance. Le plus ennuyeux était que cette femme n'avait aucun contact pour recevoir de l'argent de l'extérieur. Il faudrait faire avec, en attendant qu'elle quitte la piaule. Le regard de la chef de cellule se porta sur les espadrilles neuves.

– Apporte-moi tes pompes ! enchaîna-t-elle.

Erna la regarda sans comprendre.

– Tes pompes, j'te dis ! Les miennes sont nases.

Les deux autres détenues observaient la scène, muettes.

– Mais, c'est que… J'ai que celles-là. On m'en a pas donné d'autres.

En moins d'une seconde, Paquita sauta de son lit et s'avança vers Erna. Cette dernière n'eut pas le temps de voir arriver la magistrale gifle dont la violence la fit basculer sur le matelas de Lexie. La jeune femme fut tellement sonnée qu'elle ne réagit pas quand l'autre lui retira ses espadrilles.

– La prochaine fois, ce sera pas juste une torgnole, menaça la Mexicaine en chaussant ses nouvelles espadrilles. Et puis, tu commences à me gonfler, la Frenchie. Lexie, explique-lui comment ça marche ici !

Dans un geste désinvolte, elle jeta sa vieille paire trouée en direction d'Erna, comme pour dire « Te plains pas, tu aurais pu aller pieds nus ! », puis remonta s'installer sur son lit.

Lexie se mit en devoir d'obéir à la « chef » en fournissant à Erna tous les renseignements et les règles qui régissaient la vie dans la cellule et plus généralement dans le pénitencier.

– Fais gaffe aux matonnes ! Même la black, elle paraît plutôt cool, mais perso, j'ai pas confiance. Si tu files pas droit, c'est l'isolement au mitard pour plusieurs jours. Et les cachots sont en sous-sol dans le quartier des hommes. Quand t'es envoyée là-bas, les matons se bousculent pour te rendre visite. J'te fais pas de dessin…

La formation fut interrompue par le retour de Betty accompagnée d'une autre gardienne.

– Garde à vous, les filles ! Présentez vos poignets ! Récréation exceptionnelle !

Erna suivit le mouvement et prit la position demandée par mimétisme.

– Tu vas connaître les lubies du taulier, lui confia Lexie. Y'a certainement une punition en cours et ce taré a besoin de public.

Lexie ne s'était pas trompée. Un détenu du quartier des hommes avait tenté de s'évader le matin même. Occasion toute trouvée pour le punir et faire un exemple. Edgar Manatu avait l'embarras du choix. Il avait rétabli certaines pratiques barbares de l'armée nipponne en tout irrespect du droit humanitaire international.

Le « four nippon » était une de ses punitions préférées. Le demi-cylindre en tôle, long de quelques mètres, était installé couché au milieu de la cour du quartier des femmes. L'emplacement n'avait pas été choisi au hasard. C'était l'endroit du pénitencier le plus longtemps exposé aux rayons du soleil. Amplifiée par les propriétés calorifères du métal, la température relevée à l'intérieur pouvait atteindre les soixante-dix degrés en plein milieu de la journée.

Le directeur de la prison venait de s'asseoir dans le fauteuil en osier sous le parasol installé pour l'occasion à quelques mètres du four nippon.

Pour des raisons de sécurité, les femmes, vêtues de leurs combinaisons orange, étaient parquées de l'autre côté de la grille dans le corridor d'accès à la cour. Toutes les détenues avaient été conviées au spectacle, sauf les punies qui purgeaient une peine d'isolement en cachot. Pour pallier tout risque d'émeute, elles étaient menottées par deux à la grille.

Lexie s'empressa d'anticiper par son récit la scène à laquelle Erna allait assister :

— Y'a un type qui cuit là-dessous depuis ce matin. Les matons vont le délivrer et Manatu va se faire un plaisir de continuer à le torturer.

— Qu'est-ce qu'il a fait pour mériter ça ? demanda Erna.

— Aucune idée. Il a peut-être attaqué un maton

ou essayé de s'évader.

— Et pourquoi on doit assister à ça ?

— Pour l'exemple, pour nous dissuader de nous rebeller. Un coup, c'est les hommes les spectateurs, un coup c'est nous.

Lexie se tut. Les gardiens venaient d'ouvrir la porte du four. Rien ne se passa pendant une minute. Sans se lever de son fauteuil, Manatu ordonna :

— Sortez-moi cette pourriture de là-dessous !

Le demi-cylindre métallique n'était pas assez haut pour se tenir autrement que couché. Les deux surveillants s'accroupirent et se penchèrent pour attraper le condamné qu'ils tirèrent par les pieds pour l'extraire de sa prison brûlante.

Erna eut un haut-le-cœur en découvrant le malheureux presque nu dont la couleur de la peau avait viré au rouge sous l'effet de l'intense chaleur. Étendu, inerte ! Erna crut qu'il était mort. Mais il bougea lorsqu'il entendit l'eau remplir l'écuelle à un mètre devant lui. Il déploya un effort surhumain pour ramper et se rapprocher du récipient. Il allait l'atteindre quand il le vit s'éloigner. Dans son état d'extrême faiblesse, il ne comprit pas. L'explication était pourtant simple : Manatu s'était levé de son fauteuil et continuait personnellement le supplice en tirant la ficelle attachée à l'écuelle chaque fois que le pauvre détenu en approchait.

Le petit jeu ne dura que quelques minutes. Après trois tentatives manquées pour atteindre l'eau salvatrice, l'homme cessa de ramper. Il n'était plus qu'une forme immobile. Les gardiens le retournèrent du pied. L'un d'eux se pencha et constata qu'il ne respirait plus. Il transmit le verdict au directeur par un signe sans équivoque : le cœur venait de lâcher.

— Une fois sur deux, ça se termine comme ça, informa Lexie fataliste. Pour ceux qui en réchappent, ça ne s'arrête pas là, ils continuent par plusieurs jours de mitard.

— C'est horrible, répliqua Erna.

Puis elle ajouta naïvement :

— Il y a aussi des femmes punies de la sorte ?

— Tu crois que ce fumier de taulier donne dans la galanterie ? La dernière fois qu'on nous a invitées, c'était pour une femme. Elle s'en est sortie, mais pour nous c'est pire. Comme j'te l'ai dit, le mitard est dans le quartier des hommes…

Un frisson parcourut le dos d'Erna.

28

Pendant les jours qui suivirent, Erna découvrit la difficile vie en prison. Contrairement à ce qu'elle avait imaginé, les épreuves les plus dures à supporter trouvaient leur origine chez les détenues et non pas chez les gardiennes.

Cela commença au retour de la punition publique. Betty avait fait apporter le matelas manquant. Une fois la porte de la cellule refermée, Paquita aboya :

— Pas question que tu nous gênes, la Frenchie ! T'installes ton pieu entre le mur et les chiottes.

Erna encaissa l'ordre humiliant. Elle chercha Lexie du regard. Cette dernière détourna hypocritement les yeux. Quant à Jane, âme damnée de Paquita, elle se contenta d'afficher un sourire narquois.

Le souvenir de la gifle eut raison de l'embryon de rébellion qui germait dans la tête d'Erna. La jeune femme prit son matelas et l'installa à l'endroit indiqué.

— Couche-toi !

Elle s'allongea et regarda, inquiète, s'avancer Paquita.

La chef autoproclamée glissa ses mains sous le lavabo et retira une brique du mur.

Erna avait relevé la tête et observait, médusée. Elle vit sa codétenue mexicaine passer le bras dans le trou pour en ressortir un sac plastique.

Tout alla très vite. Après un signe discret envoyé par Paquita aux deux autres détenues, celles-ci se précipitèrent sur Erna et l'immobilisèrent.

– Arrêtez ! Qu'est-ce que vous me voulez ? J'ai obéi. Je me suis mise où vous m'avez dit.

Elle ne vit la seringue qu'au dernier moment, quand Paquita la lui planta dans le bras.

– C'est bon ! Lâchez-la ! ordonna l'instigatrice de la piqûre, une fois l'injection terminée. Laissez-la faire son trip maintenant !

Elles se relevèrent. Erna voulut les imiter, mais la subite sensation de chaleur qu'elle ressentit l'en empêcha. Une sorte d'irradiation que son cerveau accueillit avec un plaisir si intense que la jeune femme l'associa à l'arrivée d'un orgasme comme si elle se masturbait.

Cette ascension jouissive se stabilisa rapidement pour laisser place à une longue période de bien-être. La prison n'existait plus. Erna flottait dans les airs. Elle se sentait apaisée. Ses angoisses avaient disparu.

Paquita la regardait, satisfaite. Finalement, elle la garderait un peu avant de la faire virer de la cellule.

29

Un coup de pied la réveilla.

Paquita se tenait debout au-dessus d'elle et la toisait.

Combien de temps le voyage hallucinatoire avait-il duré ? Erna l'ignorait. Il s'était terminé par un court sommeil. Les effets de l'héroïne avaient disparu. Erna ressentait maintenant un mal-être aussi physique que mental.

— Tu me dois quarante bucks[1], lui lança Paquita.

Erna était hébétée. Elle ne répliqua pas.

— C'est le tarif pour ta dose de came. T'as entendu ?

Nouveau coup de pied. Cette fois il fallait répondre.

— J'ai pas d'argent. Je l'ai déjà dit.

La chef de la cellule le savait parfaitement, mais elle prenait un malin plaisir à cette mise en scène.

— Eh bien tu payeras autrement.

Elle lui dressa la liste :

— Pour commencer, tu vas faire ma lessive et ce soir tu me files ta gamelle. Ce sera un acompte. On verra pour la suite du remboursement.

Elle regagna son lit et lui jeta à la figure plusieurs

---

[1] Dollars.

sous-vêtements sales.

Comme chaque détenue, Erna avait reçu son « kit arrivante ». Le contenu était rudimentaire : un savon, une brosse à dents et quelques serviettes hygiéniques. Elle attrapa le savon et s'approcha du lavabo. Par crainte, elle entreprit sans attendre la lessive des petites culottes de sa persécutrice, constatant au passage que la chef autoproclamée possédait des sous-vêtements de rechange. Sans doute un autre privilège.

Ce soir-là, Erna dut jeûner, ayant remis son repas à Paquita. Elle n'en fut pas trop affectée car elle n'avait pas faim. La fatigue et la déprime l'avaient envahie. Elle ignorait qu'il s'agissait des effets pervers de l'héroïne en phase de redescente.

Paquita attendit que tout le monde fût couché pour utiliser les toilettes. Une façon d'humilier un peu plus la nouvelle pensionnaire de la cellule. Allongée sur son matelas, Erna supporta sans protester le bruit des flatuosités ainsi que les odeurs associées.

Un peu plus tard, alors qu'elle ne parvenait pas à s'endormir, un rat lui effleura la jambe. Elle hurla. Pour tout réconfort, elle reçut la menace d'une correction si elle perturbait encore une fois le sommeil de ses voisines. Heureusement, les cafards discrets pendant leur promenade nocturne la laissèrent tranquille.

Elle pleura en silence, puis s'endormit enfin.

Pendant quatre semaines, la vie d'Erna fut rythmée par les ordres et les caprices de Paquita. La jeune femme en avait pris son parti, d'autant qu'elle était tombée sous la dépendance de l'héroïne. La deuxième fois, la drogue avait encore été injectée sous la contrainte, mais dès les jours suivants, poussée par l'état de manque, Erna avait d'elle-même réclamé sa dose. La dette gonflait. La Mexicaine exultait. Elle pouvait désormais imposer d'autres exigences à la nouvelle. Elle l'avait alors testée sur un plan sexuel. Malheureusement, Erna ne s'était pas montrée très douée pour les relations lesbiennes. Paquita préférait de loin les baisers et les caresses de Jane ou de Lexie. Ce point fut sans doute déterminant dans la décision de la Mexicaine.

Après un mois de vie commune, Paquita jugea que le moment était venu de se débarrasser de la Frenchie pour se retrouver un peu plus au large.

30

La porte de la cellule s'ouvrit plus tôt que d'habitude.

– Debout les filles. Aujourd'hui, passage par les douches avant la promenade !

Obéissantes, les quatre occupantes se levèrent, se placèrent en file indienne et tendirent leurs poignets à Betty qui les menotta

À Kali, l'hygiène s'inscrivait dans un service minimum. Le rituel de la douche avait lieu seulement toutes les trois semaines, par roulement d'une vingtaine de détenues. L'administration pénitentiaire profitait de l'occasion pour pratiquer une fouille générale : cellules, vêtements et corps.

Pour une fois, Paquita ne manifesta pas le moindre mécontentement. Elle savait son coffre-fort à l'abri. Dissimulé derrière le lavabo, il ne risquait rien depuis qu'elle avait acheté à prix d'or le silence de la gardienne qui avait l'habitude d'inspecter la cellule.

Sous le regard attentif des surveillantes, les quatre femmes rejoignirent le groupe en partance pour les douches. Pour Erna, c'était la seconde fois depuis le début de sa détention.

Malgré l'humiliation de la fouille intime qui suivrait la toilette intégrale, la jeune femme appréciait de pouvoir se laver entièrement. À part l'épreuve dégradante qu'elle avait déjà subie à deux reprises depuis son arrivée, elle n'avait rien à reprocher aux surveillantes. Dans le quartier des femmes, les gardiennes étaient exigeantes en matière de discipline, mais rien n'était à craindre si l'on obéissait. C'était l'option choisie par Erna.

Betty, à qui elle avait le plus souvent à rendre des comptes, se montrait même aimable envers elle. Souvent, la gardienne lui adressait des conseils pour éviter les punitions. Erna en oubliait la mise en garde de Lexie.

La jeune femme réservait ses griefs à Paquita qui la tyrannisait et à ceux qui l'avaient envoyée croupir à Kali sans raison et sans jugement, même si elle ne les connaissait pas.

Arrivée devant la rangée de douches, Erna obéit aux ordres. Elle se déshabilla entièrement et remit ses espadrilles usées, sa combinaison orange et ses sous-vêtements à Betty. La gardienne inspecta minutieusement les habits. Les uniformes ne comportaient pas de poches, mais elle devait s'assurer que rien n'était caché dans les coutures. Une autre surveillante procéda de même avec Lexie.

Malgré la froideur de l'eau, Erna apprécia de pouvoir se laver complètement de la tête aux pieds. Elle n'eut hélas pas le loisir de traîner. Il fallait déjà laisser la place aux suivantes. À peine fut-elle propre et sèche que l'ordre de Betty arriva :

— Penche-toi en avant ! Jambes écartées !

Erna se mit en position pour subir le rituel de fouille intime moins réjouissant que la douche. Elle fut toutefois reconnaissante à Betty de faire preuve de douceur.

— Très bien, ma belle, conclut la surveillante à la fin de l'inspection. Récupère tes vêtements sur l'étagère et rhabille-toi !

À peine avait-elle repassé l'uniforme orange, qu'elle était de nouveau menottée. Les gardiennes ne prenaient aucun risque.

À cinq minutes d'intervalle, Paquita terminait le même protocole. Elle attrapa ses habits. Comme prévu, elle trouva le tournevis fixé par un adhésif à l'intérieur de la manche de sa combinaison.

Le groupe sortit de la douche et rejoignit les autres femmes déjà en promenade dans la cour.

Personne ne vit le tournevis passer de la manche de Paquita à celle de Jane. Ensuite tout alla très vite. Lexie s'effondra en se tenant l'abdomen de ses deux mains menottées et hurla. Une gardienne se précipita vers elle :

— Relève-toi ! Arrête ton cinéma !

Elle n'était pas dupe. Elle était certaine que la détenue simulait un mal de ventre pour retarder le retour en cellule ou détourner l'attention. Le temps d'envisager cette dernière hypothèse, il était déjà trop tard.

En queue de promenade, depuis la sortie des

douches, Jane s'était rangée à côté de Maya, une détenue qui avait accumulé un important retard dans le remboursement d'une dette. Jane s'était aussi assuré de la présence d'Erna à proximité avant de sortir le tournevis de sa manche.

Jane profita de la diversion provoquée par la comédie jouée par Lexie pour planter par trois fois le tournevis dans l'abdomen de Maya. La détenue poignardée s'écroula dans un cri de douleur.

Erna n'eut pas le temps de comprendre. Jane venait de lui mettre le tournevis dans les mains.

Les gardiennes arrivèrent. Sécurité oblige, elles délaissèrent Maya affalée sur le sol et encerclèrent Erna.

— Jette ça tout de suite ! ordonna Betty.

Plus radicale, l'autre surveillante sortit son *Taser* et, s'exemptant de toute sommation, envoya une décharge de cinquante mille volts à Erna. Sous l'intensité du choc, la jeune femme s'écroula, sonnée et paralysée. Pendant son évanouissement, on lui retira quelques instants les menottes, le temps de lui passer les mains dans le dos et les lui remettre. On la releva en l'aidant de quelques paires de claques. Maya était toujours étendue et geignait. Elle devrait attendre pour être secourue. Betty avait récupéré le tournevis. Les autres détenues profitaient de l'incident pour déclencher un embryon d'émeute. Quelques décharges de *Taser* les calmèrent.

Betty emmena Erna encore groggy.
Quelle conne ! pensa-t-elle. *À un jour près !*

Paquita les regarda s'éloigner. Elle jubilait. Elle avait réglé deux problèmes en même temps.

31

Betty avait réussi à gagner une journée. Erna avait passé la nuit dans une cellule isolée au quartier des femmes, enchaînée à son lit. La surveillante avait plaidé sa cause auprès du directeur. Une détenue modèle, obéissante ! Un comportement irréprochable ! Et puis Maya n'était pas morte, le tournevis l'avait seulement blessée ! En vain. Une fois encore, Manatu avait décidé de faire un exemple, la sentence était tombée : deux semaines de mitard avec le four nippon au bout de huit jours en guise d'entracte.

Erna n'avait été entendue que par les gardiennes. Elle avait expliqué qu'on lui avait mis le tournevis dans la main après coup. Elle n'avait pas vu qui. Certainement Paquita. Malheureusement pour elle, une surveillante avait certifié que la Mexicaine se trouvait au début du groupe au moment de l'agression, trop loin pour attester l'hypothèse de l'accusée.

Toute la nuit, Erna avait construit dans sa tête les horribles images des prochains jours. Elle s'était imaginée à la place du condamné de l'autre fois, cuisant sous la tôle, extirpée mourante du four nippon. Mais avant, elle devait passer par le mitard. Elle se souvenait des explications de Lexie : outre les conditions de détention draconiennes dans le cachot, avec repas un jour sur deux, toutes les femmes condamnées au mitard avaient droit au comité d'accueil des gardiens du quartier des hommes. Le « J'te fais pas de dessin » de Lexie résonnait dans sa tête.

Erna avait pleuré une bonne partie de la nuit. Qui pouvait tant lui en vouloir pour avoir fait basculer sa vie dans l'horreur ?

À l'aube, Betty entra dans la cellule, un peu comme on vient chercher un condamné à mort.

Retrait des menottes, puis nouvelle humiliation. Déshabillage total, *Taser* pointé sur elle par la gardienne. Envoi sur la cuvette des w.c. avec surveillance rapprochée pendant tout le temps de libération de sa vessie et de ses intestins.

Une fois rhabillée et menottée, Betty l'emmena jusqu'au quartier des hommes. Elles traversèrent la cour. Deux gardiens semblaient déjà attendre la condamnée. En les apercevant, Erna lança une inutile supplique à Betty :

— Non ! S'il vous plaît, pas là-bas !

— Il fallait réfléchir avant !

Elle se débattit.

— Tiens-toi tranquille, sinon tu auras encore droit au *Taser* !

La menace suffit à la calmer. Elle continua d'avancer, résignée.

— Salut, les gars. J'imagine qu'on vous a prévenus, lança Betty aux deux gardiens.

– Oh que oui, répondit l'un deux en dévisageant Erna d'un regard libidineux. On prend livraison !

Vingt minutes plus tard, Betty se présentait dans le bureau d'Edgar Manatu pour signaler qu'elle avait remis la condamnée aux deux gardiens du bâtiment des hommes.

32

Île de Wagatu – jeudi 10 août

Erna sortait d'un sommeil sporadique entrecoupé des douloureux souvenirs du mois passé à Kali lors de son séjour carcéral. Un vrai cauchemar n'aurait pas été pire.

La faible lumière qui entrait progressivement par l'étroite ouverture indiquait que le soleil s'était levé.

Pour la première fois depuis trois jours, Erna était lucide et prenait pleinement conscience de son état. Elle était nue, enchaînée par un pied. Pour la première fois aussi, ses narines percevaient l'odeur nauséabonde que rejetait la terre qui n'avait pas réussi à absorber ce dont son organisme s'était débarrassé pendant trois jours et trois nuits.

Pourquoi était-elle là dans cette situation si avilissante ?

Elle était prisonnière. Qui l'avait déshabillée, attachée et enfermée ? Vincent, sans aucun doute ? Pourquoi ? Elle l'ignorait.

Soudain elle perçut un vague souvenir : le poisson qui grillait, le rhum, le besoin d'héroïne. Quand était-ce ? La veille ? L'avant-veille ? La semaine précédente ?

Elle se revoyait chercher de la morphine dans le

bunker. En avait-elle trouvé ? Elle regarda le pli de son coude. Il ne faisait pas assez clair pour vérifier si elle s'était piquée. Elle toucha la peau de ses doigts pour sentir une trace laissée par une aiguille. Impossible de savoir.

J'ai bien dû la trouver cette putain de morphine, sinon je serais toujours en panne !

Effectivement, elle ne ressentait pas d'état de manque.

Elle posa la main contre son ventre puis la glissa entre ses cuisses cherchant une réponse à la question : l'avait-il violée pendant son trip ? Aucun souvenir !

Imaginons qu'il l'ait fait. Pourquoi la maintenait-il enchaînée ? Pour recommencer ? Elle pensa aux abominables affaires qui occupaient régulièrement le devant de l'actualité. Comme celle du maniaque sexuel qui séquestre une femme pendant des mois, voire des années pour l'avoir toujours à disposition.

Elle frissonna.

Le bruit de la porte qui s'ouvrit interrompit sa réflexion. L'ampoule s'éclaira et lui fit mal aux yeux. Malgré tout, elle distingua Vincent Froment, nu, son fusil à la main. Le silence dura quelques secondes. Comme l'homme restait muet à l'observer, elle prit la parole :

— Qu'est-ce que vous m'avez fait ? Enlevez-moi ça et laissez-moi partir !

Elle montrait l'entrave de fer qui lui enserrait la cheville.

– C'est trop tôt, se contenta-t-il de répondre. Mais nous allons toutefois passer à l'étape suivante.

– Quelle étape ?

– Levez-vous !

Elle hésita. Qu'allait-il lui faire subir ? Elle l'ignorait, mais jugea que debout, elle serait moins vulnérable qu'assise ou couchée. Elle se releva.

– Tenez-vous droite et face à moi !

Où voulait-il en venir ?

– Quelle étape ? répéta-t-elle en cachant son sexe de ses mains.

Il la regarda sans répondre, puis sortit et referma la porte. Il n'avait pas éteint la lumière.

Un fou, c'était un fou ! Elle se rassit, angoissée.

33

Montpellier — le même jour

Gratiol s'était renseigné. Géraldine Voltier était bien journaliste à l'*Essor héraultais*. Elle possédait une carte de presse. Côté état civil : trente-six ans, célibataire. La jeune femme blonde menait une vie sans histoire. Grâce à ses relations, le détective avait par ailleurs vérifié l'absence de casier judiciaire.

Ce matin-là, Géraldine l'avait appelé pour lui dire qu'elle avait terminé la collecte des informations. Elle avait proposé de se rendre à Lunel pour lui montrer le résultat de ses recherches, mais Gratiol avait préféré fixer le rendez-vous au domicile de la journaliste. Un moyen de valider son adresse. Le détective s'était donc rendu à Montpellier dans l'appartement au premier étage d'un petit immeuble dans le quartier des Arceaux. Géraldine l'avait accueilli en lui proposant un sirop ou un jus de fruits. Il aurait préféré une bière, mais la jeune femme n'en avait pas dans son réfrigérateur.

Installé dans le canapé, le détective se désaltérait sans grand enthousiasme avec un jus de pomme. Assise sur une chaise, Géraldine lui faisait face. Elle était vêtue d'une petite robe d'été. Le croisement de ses jambes dévoilait de jolies cuisses que Gratiol évitait de regarder.

— Tout d'abord, commença Géraldine, le laboratoire Froment à proprement parler n'existe plus. L'entreprise a été mise en liquidation judiciaire juste après le scandale et rachetée par la société Restilab. Les locaux de Lyon ont été vendus et le labo s'est installé dans les bâtiments de Restilab près d'Alès. Pour des raisons d'image, le nom Froment a été remplacé par celui de la maison mère.

Gratiol écoutait attentivement.

— Concernant Vincent Froment, poursuivit Géraldine, tous les articles, toutes les publications et toutes les vidéos tournent autour du scandale des vaccins. Je n'ai malheureusement découvert aucune info en lien avec Erna. Venez ! Je vais vous montrer sur l'ordi.

Elle l'emmena dans la pièce qui lui servait de bureau. Gratiol s'assit devant l'écran, à côté d'elle, sur le tabouret posé là en guise de siège d'appoint. Il regarda défiler les articles et les vidéos que Géraldine lui commentait au fil des clics de souris.

Deux personnalités aux méthodes séparées par un fossé. La journaliste naviguait dans les pages Web avec aisance et rapidité en commentant les affichages sans s'arrêter. Gratiol, lui, se contentait d'enregistrer. Son cerveau fonctionnait différemment de celui de la jeune femme. Il avait besoin de temps pour analyser et réfléchir.

Heureusement, il était doté d'une mémoire remarquable. Il emmagasinait les images et les explications qu'il décortiquerait dans un second temps.

Une fois le visionnage terminé, Géraldine ne put s'empêcher de conclure dépitée :

— Maintenant que je connais tout du scandale des vaccins, je ne comprends pas ce qu'Erna fabrique avec l'ancien patron du laboratoire Froment.

Elle avait vu Gratiol prendre quelques notes sur un calepin pendant le visionnage. Méthode d'une époque révolue, avait pensé Géraldine qui s'en serait amusée dans un autre contexte.

Le silence dura une minute, le temps pour le détective de terminer sa prise de notes. Puis Gratiol intervint à son tour :

— D'accord avec vous, nous n'avons pas obtenu de résultats immédiats, mais grâce à ce premier balayage nous possédons de nombreuses ficelles qui ne demandent qu'à être tirées.

— Je ne comprends pas.

— Après le scandale des vaccins, Vincent Froment s'est volatilisé. Il a vidé son compte en banque et n'a laissé aucune trace dans sa fuite. Un départ comme celui-là ne s'improvise pas. J'ai relevé de nombreux noms susceptibles de l'avoir aidé. Nous allons remonter toutes les pistes.

— Mais la police l'a sans doute déjà fait avant nous, répliqua Géraldine. S'ils n'ont rien trouvé…

— Ça date de deux ans et d'après Masurier, les investigations pour retrouver Froment se sont limitées au strict minimum. Et puis nous prendrons un autre angle d'attaque : nous entrerons en contact avec les protagonistes de l'affaire des vaccins. Dans notre discours, nous affirmerons que votre amie vit en couple avec Vincent Froment et que vous, vous cherchez seulement à obtenir de ses nouvelles. Puis nous guetterons les réactions.

— OK, c'est vous le professionnel. Vous avez relevé combien de noms ?

Gratiol compta avec la pointe de son crayon.

— Huit. Vous avez de quoi noter ?

— Non, ce ne sera pas la peine. Posez votre carnet sur la table !

Elle sortit son téléphone et photographia la page. Décidément, ils ne travaillaient pas avec les mêmes méthodes !

— Parmi les articles que vous avez fait défiler, poursuivit Gratiol, j'ai cru comprendre que le scandale des vaccins avait inspiré un téléfilm. De même, le magazine d'investigation *Complot* sur France 2 aurait consacré, en mai dernier, un numéro à cette affaire. Il faut visionner les deux. Même si le premier est une fiction, il peut donner des idées. Quant au second, il sera certainement à charge, mais là encore, il peut nous ouvrir des pistes.

Chapeau le détective ! Dans la précipitation et la volonté d'aller vite, Géraldine avait omis d'en parler. Elle se justifia :

— Rien ne vous échappe. C'est tout à fait vrai. Le téléfilm date de l'an dernier. Je n'ai pas réussi à le télécharger. Juste lu des critiques : apparemment un navet de première. Je vais continuer mes recherches. Quant à la vidéo du magazine *Complot*, c'est de ma faute, j'ai zappé. Je l'ai téléchargée. On la regarde maintenant ?

— Oui, j'ai la tête dans les vaccins, alors autant continuer !

— Je vous préviens, il dure une heure trente.

Géraldine parcourut les répertoires du disque dur avec une célérité qui déconcerta le détective puis lança la vidéo.

Après avoir fait défiler le générique de présentation à vitesse rapide, elle bascula l'affichage en plein écran et lâcha la souris pour le plus grand contentement de Gratiol. Il allait pouvoir se concentrer sur le reportage.

Sur les premières images dont le début avait été tronqué à cause de l'impétuosité de Géraldine, la journaliste d'investigation présentait le sujet devant l'entrée d'un bâtiment industriel, le laboratoire Restilab d'Alès sans doute.

Derrière elle, en arrière-plan, on distinguait une barrière rouge et blanc qui se relevait pour laisser le passage aux véhicules qui entraient ou sortaient de l'usine.

Le reportage avait débuté depuis à peine une minute quand Gratiol s'écria :

— Stop ! Revenez en arrière !

Géraldine fut autant surprise par la soudaine exclamation que par la demande.

— Mais ça commence juste.

— C'est très important, reculez jusqu'à la dernière ouverture de la barrière et arrêtez-vous sur l'image !

Rien de plus facile, elle se saisit de la souris et accomplit l'action réclamée.

Gratiol s'était rapproché de l'écran. La barrière était levée et un utilitaire sortait du laboratoire.

Un Renault Kangoo de couleur moutarde !

34

Le reportage se présentait comme une contre-enquête et montrait Vincent Froment sous un angle très différent de celui de la version officielle. Il n'était pas le chercheur œuvrant pour la santé de l'humanité qui avait, hélas, commis une erreur lors de l'élaboration du vaccin Ebola Doba. Il était un horrible profiteur qui avait voulu aller trop vite pour devancer ses concurrents et gagner le jackpot afin d'être le premier choisi par l'OMS. Il avait été l'instigateur d'un véritable massacre auquel seules trois personnes avaient réchappé. Trois organismes humains qui avaient réussi à rejeter le virus. Allez savoir pourquoi ! Deux prostituées et un ouvrier agricole. Ces trois-là, s'ils étaient croyants, pouvaient parler de miracle.

Complot traitait ensuite des publications du biologiste exposant quelques réflexions sur l'utilisation des cobayes humains pour faire progresser la science. La mise en exergue des phrases sorties de leur contexte faisait froid dans le dos.

Le magazine relatait aussi la rumeur insensée qui avait couru quelque temps après le décès de Marianne Froment, victime du vaccin. Le biologiste aurait profité de la situation pour assassiner son épouse avec qui il ne s'entendait plus. Bizarrement, le reportage ne partageait pas cet avis, jugeant ce scénario rocambolesque et étayé par aucune preuve.

En revanche, le côté manipulateur de Froment était largement mis en avant. Fort de ce trait de personnalité, il avait réussi à convaincre la justice des limites de ses responsabilités. Malgré les centaines de morts causées par le vaccin, il n'était poursuivi que pour homicide involontaire.

Le reportage se terminait par deux questions : « Pourquoi Vincent Froment avait-il fui ? Et où se cachait-il aujourd'hui ? ».

Qui croire ? La version officielle ou la contre-enquête du magazine d'investigation ?

Vincent Froment était-il la victime des circonstances ou le responsable machiavélique décrit par *Complot* ?

Gratiol restait sur sa faim. La véritable personnalité de Vincent Froment n'était pourtant pas sa préoccupation de l'instant. La présence du Kangoo dans l'enceinte du laboratoire l'intéressait davantage. Par un incroyable hasard, le détective venait de découvrir un élément qui lui permettait de relancer son enquête pour retrouver le jeune Benjamin Fontaine.

Le mode pause avait permis de s'assurer que la plaque d'immatriculation correspondait. Le Kangoo était bien la fourgonnette que Gratiol avait suivie sur la route d'Alès. Le détective ruminait cette découverte. Il ne l'avait pas révélée à

Géraldine. Ne pas mélanger les affaires ! Il avait prétexté l'arrêt sur image pour simplement vérifier un détail visant à localiser l'usine.

Le visionnage du reportage terminé, Gratiol demanda :

— Combien de temps vous faut-il pour trouver les coordonnées des personnes ayant eu un rapport de près ou de loin avec cette sombre histoire de vaccin ?

— Moins d'une demi-seconde, répondit-elle avec un large sourire. C'est déjà fait. Sauf si votre carnet contient des noms que je n'ai pas relevés.

Elle afficha sur l'écran un tableau d'une dizaine de noms avec des adresses ou des numéros de téléphone, et, dans certains cas, les deux.

Quelle efficacité ! Gratiol était épaté.

— Je vais vous transférer cette liste, ajouta-t-elle.

— J'aime mieux que vous l'imprimiez, répliqua le détective qui préférait de loin le papier aux messages électroniques.

Cinq minutes plus tard, les deux compères se répartissaient les noms de la liste. Parmi ceux-ci, Gratiol s'était réservé la directrice du laboratoire d'Alès. Un moyen de profiter d'une possible visite pour tenter d'en apprendre davantage sur le Kangoo moutarde.

Le détective allait partir quand son téléphone sonna. C'était Masurier :

— Salut Laurent. Tu m'as appelé ?

— Absolument pas, répondit Gratiol.

Le mystère resta entier.

— Tiens pourtant…

— De toute façon j'allais le faire, enchaîna Masurier. J'ai une info pour toi. Les techs[1] de chez nous ont réussi à faire parler le mail que tu m'as transmis. L'adresse de messagerie appartient bien à une Erna Demol. On a pu vérifier grâce à son ancien fournisseur d'accès, quand elle résidait en France. Le mail a été envoyé en utilisant une connexion satellite. La provenance a pu être établie : l'appareil qui a expédié le message est situé dans un rayon de cinq cents kilomètres autour de la Nouvelle-Guinée.

— C'est vaste.

— D'accord avec toi, mais on ne peut pas faire mieux.

— Tu m'as dit l'autre jour que Vincent Froment s'était évanoui dans la nature. Il ne serait pas parti se réfugier chez les Papous, par hasard ?

— Avec sa fortune, il avait les moyens de choisir un exil doré n'importe où sur la planète. En tout cas, tout ça n'est pas suffisant pour rouvrir l'enquête.

— Pas possible d'affiner la localisation ?

— Le satellite est américain. C'est comme pour les GPS, dans certaines zones la localisation est volontairement imprécise pour des raisons de stratégie militaire. Je vais quand même voir ce que je peux faire.

---

[1] Techniciens.

En même temps qu'il parlait avec son ancien collègue, Gratiol parcourait la liste que lui avait imprimée Géraldine. Trouver des questions à poser à Masurier pendant qu'il l'avait au téléphone !

Lors de ses recherches, la journaliste avait réussi à identifier les trois rescapés : les deux femmes se nommaient Véronique Marengo, Luiza Younousmi et l'homme Kosso Ngoulou. Pas de détail pour les deux patronymes à consonance africaine. En revanche, Géraldine avait ajouté une mention sur la ligne de l'homonyme de la ville italienne : *Autoentrepreneur enregistrée au RC de Lyon. Code NAF[1] : 96.09.12. Ancienne adresse en France et téléphone obsolètes. Doit toujours être au Tchad.*

Gratiol ne laissa pas passer l'occasion. Il profita de la conversation pour questionner son ancien collègue sur Véronique Marengo. Il expliqua le contexte.

— Si je comprends bien, c'est toi qui rouvres l'enquête, railla Masurier. Tu n'as pas changé, Laurent. Finalement dans ton nouveau job, tu as la chance de pouvoir choisir. Bon, pas très réglementaire ta demande, mais comme c'est toi, je vais interroger le fichier pendant que je t'ai en ligne. Véronique Marengo, tu dis ?

— Oui. C'est ça.

— Je te préviens : si elle n'a pas de casier, je ne trouverai rien.

---

[1] Le code NAF est un code attribué par l'Insee à chacun des secteurs d'activités économiques.

Après un court silence, la réponse arriva :

– Je l'ai : Véronique Marengo, alias Véra. C'est vrai que Véra, ça sonne mieux pour son boulot. Tu as de la chance. Plusieurs délits de racolage avant la loi de 2016. Peut-être pour ça qu'elle est partie exercer au Tchad ! Du coup, je n'ai pas d'autres biscuits à te fournir. Ah si : elle est rentrée en France il y a deux ans. Juste après son retour du Tchad, on lui a volé tous ses papiers et elle a tout fait refaire. Apparemment, elle s'est rangée. Je n'ai plus rien sur elle depuis deux ans.

– Tous ses papiers d'identité ? Tiens, tiens ! Tu pourrais interroger le TES[1] et tracer son passeport ? demanda Gratiol.

– Tu ne crois pas que tu exagères un peu, Laurent ?

Il s'exécuta malgré tout. Le détective obtint une réponse qui le fit réfléchir : Véronique Marengo se rendait régulièrement aux États-Unis depuis deux ans. Un doute l'envahit. Il en fit part à Géraldine.

---

[1] Fichier unique dit TES (titres électroniques sécurisés). Base de données rassemblant les données personnelles et biométriques des Français pour la gestion des cartes d'identité et des passeports.

35

Il était revenu, le fusil dans une main. Que faire ? Obéir et lui donner l'impression qu'elle se soumettait et qu'il pouvait disposer d'elle ? Se rebeller et risquer une réaction violente ? Physiquement, elle était plus forte que lui. Mais, tant qu'elle serait enchaînée, elle ne pourrait, hélas, rien entreprendre.

— Relevez-vous et tendez vos bras vers moi !

Elle vit la corde qu'il tenait dans l'autre main. Quelles étaient ses intentions ? Elle l'observa avant de se décider. Il avait renoué avec la nudité. La pudeur respectueuse dont il avait fait preuve après leur rencontre semblait bien loin. Sur ce point, un détail interpella Erna : l'absence d'érection du sexe mâle. À la façon dont il la fixait du regard, il aurait dû bander. Plusieurs hypothèses s'imposaient. La première : il était impuissant. La seconde : il était animé par autre chose qu'une quelconque perversion sexuelle, mais par quoi ?

— Nous avons tout le temps, ajouta-t-il en attendant que les bras se mettent à l'horizontale. Mais si vous voulez que je retire votre chaîne, il faut m'obéir.

Erna évalua la situation. Sans cette entrave, elle serait libre de ses mouvements et moins vulnérable. Une fuite deviendrait envisageable, même avec les mains attachées ainsi qu'elle l'avait compris. Elle tendit donc les bras dans la direction de son geôlier.

Il posa son fusil et lui lia les poignets ensemble avec la corde.

— Maintenant, rasseyez-vous !

Ne pouvant prendre appui de ses mains, Erna s'accroupit puis se laissa tomber sur les fesses. Elle observa l'homme lui saisir le pied.

Désagréable surprise ! Avant de lui retirer son bracelet de fer, Vincent lui attacha les chevilles entre elles avec une seconde corde, lui autorisant un débattement de quelques dizaines de centimètres entre les pieds. Elle comprit : elle pourrait marcher à petits pas, mais en aucun cas courir. L'homme était tout sauf naïf.

Une fois libérée de sa chaîne, Erna eut le droit de se relever.

Vincent avait repris son fusil et le pointait sur elle.

— Sortez devant moi ! ordonna-t-il en la menaçant.

— Où m'emmenez-vous ?

— Vous laver !

Déroutant !

— Vous êtes dégueulasse et vous puez, poursuivit-il. Vous avez passé trois jours à vous vautrer dans votre vomi, vos urines et vos déjections. Un peu d'hygiène ne sera pas un luxe.

— Trois jours ? réagit-elle ébahie.

La remarque spontanée montrait qu'elle avait perdu la notion du temps. Vincent n'en était pas surpris. Il ne répondit pas. Inutile d'épiloguer. Il la fit avancer en lui appuyant le canon du fusil contre les reins.

Arrivé sur la plage, il ralentit, laissant sa prisonnière prendre un peu d'avance. Il l'observa continuer à se rapprocher du rivage à petits pas en raison de la corde qui reliait ses chevilles et lui interdisait toute enjambée plus ample.

À son grand regret, Vincent ne put retenir une montée d'excitation en voyant le postérieur féminin se dodeliner devant lui. Il détourna un instant le regard de l'anatomie callipyge pour lutter contre cette pulsion. Il refusait le désir qui s'emparait de lui. Il devait le contrer. Il ferma les yeux pour visualiser intérieurement un autre corps qu'il idéalisait.

Les pensées d'Erna étaient tout autres. Elle aurait voulu s'échapper. Impossible, hélas, à cause des liens. Elle oublia un instant ses velléités d'évasion en entrant dans l'eau. Se tremper des pieds à la tête dans le lagon lui procura une appréciable sensation de bien-être.

Ultime et vaine tentative quand, de ses deux mains attachées, elle essaya de dénouer sous l'eau la corde de ses chevilles. Les nœuds étaient ceux d'un marin.

Lorsqu'elle ressortit, elle regarda Vincent resté en

retrait sur la plage. Il ne semblait pas être le prédateur qu'elle avait redouté. L'angoisse du réveil s'estompait, mais pas les questions. Pourquoi cet homme la maintenait-il prisonnière ?

36

Gratiol baissa la glace de la Taunus et annonça au gardien qu'il avait rendez-vous avec Rose Larcher. Après vérification par un rapide coup de fil, l'employé ouvrit la barrière.

Avant de se garer sur une place visiteur, la Taunus fit un crochet par le parking du personnel, histoire pour son conducteur de repérer un éventuel Kangoo de couleur moutarde. Détour inutile, aucun véhicule stationné ne correspondait.

En quittant sa Taunus, Gratiol réfléchissait à la meilleure méthode pour récupérer des informations tant au sujet d'Erna Demol qu'à celui du Kangoo.

La rencontre s'annonçait bien. Obtenir un rendez-vous l'après-midi même avec la directrice du laboratoire Restilab d'Alès relevait du miracle. Enfin pas vraiment. Gratiol le devait plutôt à la façon dont il avait présenté les choses deux heures plus tôt au téléphone. Le barrage de la secrétaire s'était révélé infranchissable jusqu'à la phrase magique :

« Je voudrais donner des nouvelles de Vincent Froment à madame Larcher. »

Après une brève attente, Gratiol avait été mis en relation avec la directrice. Il s'était présenté et avait expliqué savoir où se trouvait l'ancien patron du laboratoire. Il voulait un rendez-vous pour en dire davantage. Ça n'avait pas traîné :

– Venez me voir à dix-sept heures ! avait répondu Rose Larcher.

Dans son grand bureau, la directrice du laboratoire attendait l'étrange visiteur, intriguée et curieuse d'en savoir plus. Sa longue silhouette filiforme se découpait dans la lumière de la baie vitrée. Elle observait le parking. Une question s'ajoutait aux précédentes : pourquoi le visiteur dans cette voiture qui semblait d'un autre âge avait-il fait par deux fois le tour du parking avant de se garer ?

Elle repassa rapidement dans sa tête les informations récupérées depuis l'appel téléphonique : Laurent Gratiol, enquêteur privé installé à Lunel, ancien capitaine de police. Comment pouvait-il savoir pour Vincent ?

Rose avait espéré une réponse au message laissé deux heures plus tôt. Elle aurait aimé échanger avec lui sur l'attitude à tenir. Hélas, il n'avait pas rappelé. Elle se débrouillerait donc seule, en se fiant à son instinct.

Elle quitta son bureau et descendit à l'accueil pour recevoir le visiteur.

En entendant le ding de l'ascenseur, Gratiol porta son regard sur les portes en train de s'ouvrir.

La femme était grande, typée créole. Antillaise ou

Réunionnaise, inféra le détective. Ses hauts talons rehaussaient inutilement sa taille. Les cheveux noirs étaient coupés court. Des lunettes à monture blanche adoucissaient son visage et rivalisaient d'élégance avec le tailleur gris très professionnel.

Elle s'avança et lui tendit la main en arborant un sourire poli :

— Bonjour Monsieur Gratiol. Je suis Rose Larcher.

Le détective releva une légère pointe d'accent créole.

— Bonjour madame, répondit-il poliment.

Elle l'invita à la suivre.

Trois étages plus haut, Gratiol découvrit l'immense bureau directorial. Rose Larcher le pria de s'asseoir et entama le dialogue par un « je vous écoute ».

— Et bien voilà. Je mène une enquête pour retrouver une jeune femme qui a disparu. J'ai réussi à la localiser. Quand j'ai appris qu'elle vivait avec votre ancien patron, j'ai pensé que cette info pourrait vous intéresser.

Il marqua une pause. Rose Larcher en profita pour réagir.

— Vous devez savoir que Vincent Froment était mon associé, qu'il a manqué à ses devoirs d'éthique, qu'il a mis le laboratoire en liquidation judiciaire et qu'il s'est enfui pour se soustraire à la justice. Pourquoi voudriez-vous que je m'intéresse à la situation de cet individu ?

Gratiol était certain qu'elle mentait en affichant ce profond désintérêt. Sinon pourquoi l'aurait-elle reçu toutes affaires cessantes ?

— Pour lui demander des comptes, répondit-il à la question de la directrice afin de relancer le sujet.

— Oui, vous avez raison. Sa folie m'a coûté cher. J'ai perdu l'argent que j'avais investi dans la société. J'ai dû de nouveau remettre la main au porte-monnaie pour faire redémarrer le laboratoire. Et comme ça ne suffisait pas, il a fallu s'associer à Restilab, notre principal concurrent.

Rose Larcher continua ses explications. Pour que le laboratoire revive et ne perde pas ses autorisations, il avait dû passer sous la tutelle de Restilab. Rose avait pu obtenir la direction de l'entreprise moribonde, mais devait rendre des comptes aux nouveaux associés.

— Je me demande pourquoi je vous raconte tout ça, conclut-elle. Je n'ai pas à me justifier, mais au moins aurez-vous compris pourquoi j'éprouve de la rancœur envers Vincent Froment ! Cela dit, où se trouve-t-il ?

— En Papouasie-Nouvelle-Guinée.

— C'est vague. Et plus précisément ?

Elle avait mordu à l'hameçon. Gratiol s'en félicitait. Il fallait désormais inventer une histoire et bien mentir pour tenir la directrice en haleine.

— Je ne peux pas vous le révéler : secret professionnel. Par contre, je peux vous affirmer que Vincent Froment va très bien. Il a refait sa vie avec la personne que je recherche. C'est par ce biais que je suis tombé sur lui.

Il profita de son effet pour se lever et aller jusqu'à la baie vitrée. Il dominait le parking et les autres bâtiments. Le balayage visuel pour trouver un Kangoo de couleur moutarde se révélait toujours vain.

— Pourquoi venir me raconter tout cela au lieu de prévenir la police ? rebondit Rose après avoir encaissé l'information sur la nouvelle vie de son ex-patron.

Gratiol s'attendait à la question. Il détourna le regard de la fenêtre.

— Je n'ai pas gardé un bon souvenir de mon ancienne maison. Et puis, pour être franc, j'ai pensé que vous aimeriez que je poursuive l'enquête pour votre compte.

— Eh bien, vous vous êtes trompé, Monsieur Gratiol ! Le laboratoire a tourné la page, et moi aussi. Je me fiche donc complètement de la nouvelle existence de Vincent Froment. Je crois que nous n'avons plus rien à nous dire maintenant. Je vous raccompagne.

Après avoir laissé sa carte, Gratiol regagna le parking sous l'escorte de la directrice du laboratoire.

Une fois remontée dans son bureau, Rose Larcher regarda par la fenêtre pour s'assurer que la Ford Taunus quittait l'enceinte de l'entreprise, puis elle se précipita sur le téléphone.

— C'est encore moi, dit-elle après un nouveau renvoi vers la messagerie vocale. Le détective sait où il se cache. Il m'a même appris autre chose que j'ai du mal à croire. Pourtant, ce type semble bien informé.

Elle raccrocha sans conclure par la moindre formule. Personne ne devait rien savoir de leur relation. Ils avaient prévu de se retrouver bientôt. Il ne venait pas souvent en France. Ce serait long d'attendre. Mais Rose n'avait pas le choix.

37

Erna avait retrouvé son cachot dans le bunker. Elle avait été libérée de ses liens, mais seulement après avoir été de nouveau enchaînée. L'attitude de son geôlier était de plus en plus déroutante. Après le bain, le cerbère avait emmené sa captive jusqu'au bosquet d'eucalyptus. Elle avait dû tendre ses bras attachés. L'homme les avait chargés de rameaux aux feuilles odorantes et aux propriétés antiseptiques. Une fois de retour au bunker, les branchages avaient été étalés dans le cachot. Erna se retrouvait à son point de départ, l'hygiène en plus, ce qui n'était pas négligeable. Elle était propre. Les rameaux d'eucalyptus recouvraient le sol souillé et dégageaient une agréable senteur qui avait pris le pas sur la puanteur.

Vincent était reparti sans répondre aux questions qu'elle n'avait pas manqué de lui poser.

Il revint quelques minutes plus tard, vêtu d'un short et d'un polo. Il lança à Erna la chemise qu'il tenait dans la main.

— Maintenant que vous êtes propre, vous pouvez vous habiller, lui déclara-t-il.

Il n'eut pas besoin de répéter. Elle enfila avec empressement la chemise dont les pans lui descendaient sur les cuisses.

— Et pour le bas ? demanda-t-elle.

— Rien pour l'instant car je devrais vous retirer la chaîne et je n'ai pas confiance en vous.

Elle était sidérée. C'était lui qui parlait de confiance ?

— La chemise est longue. Elle devrait convenir à votre pudeur, ajouta-t-il.

Il se garda bien de compléter que c'était aussi le moyen pour lui de se protéger du désir qui n'avait cessé de croître depuis l'aller-retour au lagon.

Pour Erna, le danger semblait s'être éloigné. Le nouveau contexte lui redonna de l'aplomb.

— Je dois vous remercier ? lança-t-elle avec une pointe d'ironie.

— Certainement ! Mais d'abord, dites-moi si vous vous sentez en manque !

Pourquoi cette demande ? Un piège ? Dans quel but ?

— Vous me libérez si je réponds ?

— Je ne crois pas mais je vous expliquerai.

Elle n'avait pas espéré de réponse positive, c'était seulement un moyen pour essayer de comprendre.

— Non, je n'éprouve pas le besoin d'en reprendre en ce moment.

— Reprendre quoi ? Prononcez le mot ! Je veux l'entendre de votre bouche.

— De l'héroïne.

— Pensez très fort à l'héroïne ! Et dites-moi ce que vous ressentez !

Elle entra dans le jeu en se concentrant :

— Ça fait du bien de penser au trip que ça

procure. Je commence un peu à me souvenir. Vous m'en avez donné ?

Il partit sans répondre et revint, un verre à la main.

— Buvez !

Elle le regarda.

— Qu'est-ce que c'est ?

— Buvez ! répéta-t-il.

— Détachez-moi !

— Je ne vais pas vous empoisonner. Buvez et vous aurez droit à quelques explications.

Elle porta le verre à ses lèvres et goûta. Le liquide était sucré. Elle pensa qu'il disait vrai, ce n'était certainement pas du poison. S'il avait voulu la tuer, il avait le choix des moyens. Elle désirait savoir, alors elle but.

Une fois le verre vidé, Vincent commença les explications.

— Contrairement à ce que vous pensez, cela fait six jours que vous n'avez pas été piquée. Ce n'était pourtant pas l'envie et la volonté de vous shooter qui vous manquaient. J'en ai subi les conséquences. Votre strip-tease lors de notre soirée alcoolisée n'était pas méchant. Par contre, dans la nuit, vous avez essayé de m'exploser le crâne quand je vous ai refusé la morphine. Regardez !

Il pivota pour lui montrer les stigmates violacés autour de sa tempe.

Erna l'écoutait. Les souvenirs étaient flous. Elle reconstituait les images plus par l'audition du récit que par sa mémoire.

— Vous avez mis le bunker sens dessus dessous

pour trouver de la drogue. Heureusement, j'ai réussi à vous maîtriser et j'ai décidé de vous guérir. Je n'avais pas d'autre choix que de vous faire subir un sevrage à la dure.

— Sevrage à la dure ? Ça veut dire quoi ?

— Aucun produit de substitution. Laisser votre organisme s'épuiser à réclamer la drogue jusqu'à ce qu'il n'en puisse plus et que le besoin disparaisse. Je pense que vous ne vous souvenez de rien.

— De rien du tout.

— Alors, c'est tant mieux, car vous vous êtes comportée pire qu'une bête. Vous étiez une furie dangereuse. C'est pour ça que je vous ai enchaînée. Sans cette précaution, vous m'auriez tué trois fois. Vous avez mangé la couverture que je vous avais laissée. Vous avez bouffé de la terre, et je ne vous explique pas le reste.

Erna écoutait, bouche bée.

— Ce matin, au constat de votre comportement, j'ai jugé que vous aviez franchi une étape cruciale. Voilà pourquoi, j'ai décidé de vous rendre un peu de confort.

Erna ne savait plus quoi penser. Le fou devenait bienfaiteur.

— Vous êtes en train de me dire que vous m'avez sortie de cet enfer ? réagit-elle.

— Ce n'est pas encore gagné, mais c'est bien parti pour !

Elle réalisait. Sa gorge se serra. Le remercier ? Quelque chose l'en empêchait. Et s'il mentait, s'il avait inventé cette histoire ? Pourtant elle n'éprouvait aucune sensation de manque. Son état semblait lui donner raison.

— Vous allez me libérer, alors ?

— Je vous ai dit que ce n'était pas encore gagné. Votre chute dans le monde de la drogue est récente, vous devriez vous en sortir plus facilement que si votre addiction datait de plusieurs années. Toutefois, je ne veux prendre aucun risque. Si vous retombez dans un état de manque, vous redeviendrez incontrôlable. Donc, vous devrez patienter quelques jours de plus avant que je vous libère. Je vous ai procuré un peu de confort pour mieux vivre votre captivité. Je vous apporterai régulièrement à manger. Je reconnais que je n'ai pas résolu le problème des sanitaires. Mais votre chaîne est assez longue pour que vous aménagiez un espace toilettes sèches dans un coin sous les feuilles.

Bizarre tout de même ! Mais l'argumentaire se tenait. Erna n'était pourtant pas convaincue du bien-fondé de son maintien dans ce cachot. Cet homme n'avait-il pas une autre idée derrière la tête ? Elle l'écouta poursuivre :

— Il faut beaucoup boire. C'est important pour terminer votre sevrage. Je vous apporterai régulièrement un médicament pour vous aider à tenir.

Le mensonge passa bien.

— Vous êtes toubib ? Vous ne m'avez jamais répondu.

— Non, biologiste.

38

Cette nuit-là, les démons ne l'avaient pas sollicitée. Elle serait heureuse de le lui dire. Elle entendit la porte se déverrouiller. L'ampoule s'alluma. Elle le vit en même temps qu'elle sentit une agréable odeur de café. Il s'était habillé, comme la veille.

Un dialogue invraisemblable s'engagea.

– Bonjour. Bien dormi ? demanda-t-il.

– Oui, merci. Pas ressenti le moindre symptôme de manque.

– Parfait, mais trop tôt pour crier victoire !

Sous-entendu : vous restez enchaînée.

– Je sais.

Étrangement, elle le comprenait.

– J'ai fait du café. Je tiens à vous dire qu'habituellement je garde les quelques paquets de la réserve pour les grandes occasions.

– Merci.

Faute de plateau, il avait tout apporté dans une caisse. Il sortit le verre en premier.

– Commencez par boire.

Elle avala la préparation d'un trait.

– Vous ne voulez toujours pas me dire ce que

c'est ?

— Non, mais vous le saurez un jour, je vous le promets. C'est bon ?

— Oui. C'est sucré.

Il déposa ensuite le bol de café chaud et deux beignets de sagou. Elle le regarda fixement. Impression étrange. Elle n'avait pas envie qu'il s'en aille. Elle utilisa un subterfuge pour le retenir :

— Vous pouvez vérifier que ma cheville cicatrise bien ?

Il se baissa. Elle lui tendit la jambe blessée. Il examina la cheville.

— La croûte est sèche. J'ai bien fait de changer la chaîne de pied hier.

— Merci.

Elle osa :

— Je peux vous demander de rester un moment avec moi ?

Il ne répondit pas mais s'assit en face d'elle.

39

Benjamin Fontaine hurla. L'abominable douleur venait une nouvelle fois de le réveiller. Quand finirait donc ce calvaire ?

Le scénario se répétait :

L'homme en blouse blanche lui plantait la seringue dans le bras. Benjamin s'endormait après quelques minutes ou parfois quelques heures. Combien de temps durait son sommeil ? Il l'ignorait. Venait le moment du réveil. Atroce ! Toujours cette même douleur thoracique intense qui se propageait dans tous les muscles de son corps !

S'ajoutaient cette fois-ci de nouveaux symptômes. Sa vision s'était brouillée. Il devina plus qu'il ne vit l'arrivée de l'homme en blanc.

Comme précédemment, il chercha à se débattre. Hélas, ses mains et ses jambes refusaient de bouger. Il allait encore subir une nouvelle injection, il en était certain.

Il regrettait, un peu tard, son impétuosité, la dispute avec son père et sa fougue de jeune adulte qui l'avait conduit à se jeter dans l'inconnu. Il n'avait besoin de personne pour vivre son existence, s'était-il affirmé. Il avait cru en un départ libérateur du cocon familial. Il avait vite déchanté. Il s'était fait agresser. On lui avait volé son argent. Après une semaine de galère, il avait rejoint le campement Saint-Roch à Montpellier afin de pouvoir manger et dormir en sécurité. Mauvais choix !

Benjamin Fontaine sentit qu'on l'auscultait. Il ne prêtait pas attention aux bips du moniteur qui surveillait son rythme cardiaque. Il était terrorisé.

Puis plus rien. L'auscultation semblait terminée. L'homme à la blouse blanche était-il reparti ? Une lueur d'espoir germa dans sa tête. Peut-être allait-on le laisser enfin tranquille !

Soudain, il sentit l'aiguille s'enfoncer dans son bras. Il hurla.

Le cycle infernal recommençait.

40

Rose avait très mal dormi. Elle comptait sur le petit déjeuner pour effacer la fatigue d'une nuit au sommeil agité et se mettre en forme pour l'intense journée de travail qui l'attendait. Installée devant son café et son assiette de ti-nain[1] accompagnée d'un morceau de morue salée, elle poursuivait ses réflexions nocturnes. Tout ça à cause de ce détective qui avait rouvert le couvercle de cette sale histoire.

Rose Larcher assumait les décisions qu'elle avait prises deux ans plus tôt. S'être jetée dans les bras de Restilab. Pas très moral, mais avait-elle eu un autre choix ? Certes, elle aurait pu claquer la porte et chercher un nouveau job ailleurs. Mais quel organisme de santé aurait voulu d'elle avec l'étiquette « associée du laboratoire Froment » qui équivalait à « scandale sanitaire » ?

Non, elle n'avait pas eu d'alternative. Elle avait agi selon sa conscience pour prendre la direction du labo. Elle ne regrettait aucun de ses actes. Tout

---

[1] Banane verte débarrassée de sa peau et cuite.

du moins essayait-elle de s'en convaincre !

Et puis, elle avait aidé Vincent jusqu'au bout. Normal, elle lui était redevable. Sans lui, jamais elle ne se serait imposée dans un poste directorial. Juste retour d'ascenseur.

Mais aujourd'hui, le doute l'habitait. Vincent était-il aussi innocent qu'il l'affirmait ? Peut-être l'avait-il manipulée ? Une raison de plus pour ne rien regretter.

Rose terminait son assiette. Penser à autre chose ! Au travail de la journée, aux contrats en cours. Impossible ! La courte conversation de la veille avec le détective continuait de tourner dans sa tête : Vincent Froment avait donc une nouvelle compagne. Lui, inconsolable après la tragique disparition de Marianne. D'un autre côté, qu'un veuf éploré refasse sa vie après deux ans n'avait rien d'exceptionnel.

Le vibreur du téléphone mit fin aux pensées stériles.

Elle avait tant attendu son coup de fil. Mais elle ne lui en voulait pas. Elle le comprenait avec l'emploi du temps chargé auquel il devait faire face.

Rose allait enfin pouvoir partager ses réflexions avec lui.

41

Géraldine avait du pain sur la planche. Installée devant l'ordinateur, elle cochait au fur et à mesure les tâches qui lui incombaient. Sans surprise, Gratiol lui avait confié toutes celles qui avaient trait aux recherches informatiques, pendant que lui explorait « le terrain » comme il disait.

Le travail consistait à trouver encore plus de détails et affiner les coordonnées des personnes susceptibles de fournir des renseignements sur Vincent Froment. Avec une attention particulière pour les gens que le biologiste avait côtoyés entre le scandale des vaccins et sa disparition. La journaliste devait aussi fouiller les évènements de l'époque et relever tout ce qui pouvait sembler insolite.

Géraldine restait toutefois dubitative quant à trouver un lien avec son amie Erna, mais elle n'avait pas mieux à proposer.

Elle en arriva au docteur Marc Chatarian qui avait lancé la tragique campagne de vaccination au Tchad.

La journaliste se réjouit à l'affichage des résultats

que lui fournit *Google* sur Marc Chatarian. Grâce à ce qu'elle venait de découvrir, elle aussi allait enfin pouvoir enquêter sur le terrain.

Pendant ce temps, Gratiol se rendait au centre auto sur la route de Lunel, magasin dans lequel il avait déjà acheté, deux mois plus tôt, un traceur GPS pour une autre enquête[1]. Il récidiva. Cette fois, nul besoin de se faire expliquer le fonctionnement de l'appareil par le vendeur. En achetant le même modèle, il savait comment s'y prendre pour suivre un véhicule au moyen de son téléphone.

Lorsqu'il quitta le commerce, il réfléchit à la façon de procéder. Il allait de nouveau mettre Géraldine à contribution pour une nouvelle visite au Jardin de Rochebelle. Il lui demanderait de stationner près du hangar. Pendant que la jeune femme achèterait quelques légumes, il sortirait discrètement de sa voiture pour poser le traceur GPS sous l'aile du Kangoo. Un scénario normalement sans problème, à condition que l'utilitaire soit garé au même endroit que la semaine précédente.

---

[1] Du même auteur : *Les Ailes noires du Goéland.*

42

Pour la troisième nuit consécutive, aucun besoin de stupéfiant n'avait perturbé son sommeil. Elle serait heureuse et fière de le lui annoncer. Elle l'attendait avec impatience. Elle avait encore pensé à lui chaque fois qu'elle s'était réveillée. Une sorte de syndrome de Stockholm.

Elle portait toujours sa chaîne au pied. Il la retenait prisonnière et enfermée dans ce cachot, pourtant, elle ne lui en voulait pas. Au contraire, elle lui était reconnaissante de la sortir de cet enfer. Elle comprenait parfaitement les précautions qu'il avait prises pour la maîtriser tant que le sevrage n'était pas terminé. Deux fois par jour, elle avalait scrupuleusement le contenu du verre qu'il n'oubliait jamais de lui apporter.

Hier, elle le haïssait, il l'effrayait. Aujourd'hui, elle l'appréciait et lui vouait une profonde reconnaissance. Elle n'en avait plus peur.

Comme chaque matin, il entra dans la cellule en lui apportant le médicament et le café.

Selon le rituel désormais établi, elle but le contenu du verre avant de s'attaquer à son petit déjeuner, et lui, s'assit en face d'elle et l'observa. Quand elle eut terminé, il lui intima l'ordre de lui présenter son pied.

— Ma blessure est guérie, dit-elle en tendant sa jambe libre.

— Montrez-moi plutôt votre autre cheville, celle avec la chaîne !

Elle s'exécuta.

Quelle ne fut pas sa surprise de voir Vincent approcher la clé et ouvrir le bracelet de fer sans l'avoir préalablement attachée comme les fois précédentes !

Elle était tellement étonnée qu'elle ne se rendit absolument pas compte de l'absurdité de la question qu'elle posa :

— Vous ne m'avez pas attachée avant d'enlever ma chaîne ?

— Non, c'est désormais inutile.

Énigmatique.

— Je peux sortir ?

— Bien sûr ! Et prendre seule votre bain dans le lagon.

Elle se leva, hésitante. Elle avait peine à le croire. Pourtant, elle passa devant lui, franchit la porte et sortit du bunker. Elle se précipita vers le rivage. Une fois au bord de l'eau, elle retira sa longue chemise sans se préoccuper de la présence ou non de son ancien geôlier. Sans doute avait-il lui aussi quitté la casemate et peut-être l'observait-il. Elle s'en moquait. Et puis l'état dans lequel il avait dû la voir pendant les premières nuits rendait toute pudeur infondée.

Elle entra dans l'eau claire du lagon. Après de rapides ablutions, elle se jeta en avant et effectua quelques brasses. Oh que c'était bon !

Vincent l'observait de loin. Posté devant la cabane, il la vit sortir de l'eau et revenir vers lui.

— Je sais que j'abuse, mais auriez-vous encore des vêtements à me prêter ? demanda-t-elle avec un sourire plaisantin.

— Oui, je vais vous trouver ça. Surtout que c'est le jour où Moérii doit passer. Vous repartirez avec lui.

La douche froide !

Retour à la case départ. Erna croyait qu'après tout ce qui s'était passé, la donne avait changé. Elle sentit un serrement au ventre. Elle avait encore moins envie de partir que le premier jour. Une nouvelle raison s'ajoutait à la crainte de retourner en prison à Manus : le désir de rester avec l'homme qui l'avait sauvée. Elle était incapable de se l'expliquer. Elle en ignorait aussi la cause.

Comment le faire changer d'avis ? Elle aurait pu tenter de le séduire comme la nuit où elle s'était saoulée, ou essayer de le convaincre par des arguments rationnels. Elle préféra un geste spontané guidé par un incompréhensible aveu d'abandon de toute volonté.

Elle se laissa tomber à genoux et lui attrapa les mains.

— Je vous en prie, supplia-t-elle. Permettez-moi de rester ! Vous n'avez plus rien à craindre de moi.

Vous m'avez guérie. Je vous demande pardon de vous avoir agressé l'autre nuit. Je voulais pas, vous le savez bien, j'étais en manque. Je le regrette. Je me rendrai utile. Je pêcherai, je vous rapporterai du poisson. Je vous le cuisinerai. Je vous aiderai à tout ce que vous voulez.

Elle était sincère.

Il la repoussa.

Elle revint à la charge en rampant à ses pieds :

— S'il vous plaît, gardez-moi ! Vous ferez de moi ce que vous voudrez.

Elle lui embrassa le mollet en pleurant.

La situation était tout aussi poignante que dérangeante.

Il se dégagea et repartit vers la forêt, l'abandonnant prostrée et en sanglots. Il était le maître du jeu, pourtant cette situation l'embarrassait. Il avait besoin de réfléchir. Mais d'abord, la tester, tester sa détermination et en même temps son obéissance.

Il revint vers Erna, lui prit le bras pour qu'elle se relève.

— Vous voulez vraiment rester ? lui demanda-t-il en essayant de ne pas croiser son regard.

— Oui, balbutia-t-elle. S'il vous plaît !

— Je dois m'assurer de votre volonté. Reculez jusqu'au milieu de la plage ! Tenez-vous debout, les mains sur la tête, jusqu'à ce que je vous rappelle !

— Tout ce que vous voudrez, répondit-elle.

L'ordre était incongru, pourtant elle l'exécuta.

43

Près d'un quart d'heure qu'elle se tenait debout, dos à la mer, les mains posées sur la tête, les doigts croisés pour les tenir solidaires.

Elle avait un peu écarté les pieds pour un meilleur équilibre.

Le soleil du matin n'était pas encore trop chaud et ses rayons se montraient supportables. De toute façon, elle s'était mentalement préparée à tenir cette position des heures si nécessaire.

Elle aurait pu s'interroger sur ce besoin de lui obéir, mais s'y refusait. Elle voulait rester avec lui. Elle était prête à tout pour cela.

Manipulation de la part de Vincent Froment ? Peut-être, mais elle s'en fichait. Quelque chose en elle avait changé. Elle se découvrait différente, jamais elle ne s'était connue sous cet angle à dépendre ainsi de quelqu'un.

Sa position immobile à attendre lui donnait le temps de réfléchir. Était-elle tombée amoureuse de lui ? Elle ne le croyait pas, il s'agissait d'autre chose, difficilement cernable.

Elle chercha, mais ne trouva pas. Elle se contenta de maintenir son regard sur l'homme assis au loin devant la cabane. Elle guettait le moindre signe qui lui indiquerait la fin de cette épreuve. Elle mettait un point d'honneur à la réussir !

Assis sur un gros caillou près de la cabane, Vincent Froment avait les yeux rivés sur la silhouette plantée au milieu de la plage. Il était trop loin pour distinguer les détails du corps, les traits du visage ou ses expressions. À cette distance, le seul constat visible était une anatomie aux formes pleines.

Il remarqua qu'elle avait écarté les jambes pour mieux tenir la position. Il aurait pu laisser libre cours à la montée du désir qui n'avait pas manqué de le chatouiller en contemplant la situation suggestive augmentée par la nudité féminine. Pourtant, il avait retenu ses pulsions. Son plaisir était ailleurs. Il se félicitait de voir Erna assumer l'épreuve qu'il lui avait imposée. Il n'en était toutefois pas surpris. Comment pouvait-il en être autrement ?

Ça s'agitait dans sa tête. Il devait bien le reconnaître : il avait besoin d'elle. Il pouvait profiter de la situation. Erna était désormais à sa merci. Il contemplait de loin l'intruse, mais refusait de voir la femme. Il se l'était interdit.

Une demi-heure ! Elle se tenait toujours droite, stoïque.

Il jugea que le petit jeu avait assez duré. Il se leva.

— Blanche-Neige ! cria-t-il. Venez !

Elle n'attendit pas qu'il répétât l'ordre. Elle retira les mains du dessus de sa tête et courut vers lui.

– Alors ? Je peux rester ? demanda-t-elle quand elle fut arrivée vers lui.

– Oui.

Elle n'avait pas besoin d'une réponse plus longue. Elle se jeta sur lui et colla la tête contre son torse.

– Merci ! lui lança-t-elle comme une délivrance.

Il lui accorda quelques instants, puis il pivota.

– Habillez-vous, maintenant ! lui dit-il en se dégageant.

44

Le soleil était déjà bas dans l'horizon. Vincent avait attendu toute la journée le bateau de Moérii.

– Il ne viendra pas aujourd'hui, annonça-t-il à Erna. Ce n'est pourtant pas dans ses habitudes. Il est toujours ponctuel. Et comme la VHF est foutue, je n'ai malheureusement aucun moyen de le joindre.

Erna se souvint de l'ordinateur portable équipé de la liaison satellite. Elle aurait pu l'évoquer, mais s'en abstint sans savoir pourquoi. Après tout, la non-venue de Moérii ne changeait rien. Elle avait obtenu le droit de rester sur l'île.

Elle avait envie de parler avec Vincent, de se confier à lui. Elle espérait une soirée intime. Elle proposa de pêcher le repas avant que la nuit ne tombe.

– Non, répondit Vincent. J'ai prévu une boîte de foie gras pour fêter votre retour dans la vraie vie. Et une bonne bouteille. Par contre, pour les canapés, je n'ai que des galettes de sagou. Ça vous dit ?

Bien sûr ! Elle aurait aimé les chandelles en plus, mais cette pensée était ridicule.

Le soir venu, Vincent avait sorti une table et des

chaises en teck. Décidément, le bunker se révélait être une véritable caverne d'Ali Baba.

Dans la cabane, Erna finissait de se préparer. Malgré les vêtements masculins, chemise à gros carreaux et large jean, elle avait retrouvé sa féminité. Elle avait réussi à coiffer ses cheveux qui reprenaient un peu de longueur. Si elle avait osé, elle aurait presque demandé à son hôte si bien organisé, s'il ne possédait pas un nécessaire de maquillage dans sa réserve.

Les épreuves endurées n'étaient plus que de mauvais souvenirs. Elle pouvait enfin revivre. En plus, elle était amoureuse. Cette pensée lui rappela Brandon. Elle se justifia intérieurement. Rien à voir ! C'était juste une aventure. Elle devait l'oublier. Qu'était-il devenu ? Arrêté comme elle par la police de San Francisco ? Emprisonné comme elle sans le moindre procès ? Elle poussa son raisonnement jusqu'au paroxysme. Elle avait vécu l'enfer par sa faute. C'était en effet Brandon qui l'avait emmenée à cette soirée où les ennuis avaient commencé.

Balayé Brandon ! Vincent l'avait plus que remplacé. Elle n'avait désormais de pensées que pour lui. Une véritable passion. Incompréhensible. La relation était par ailleurs étrange. Ils vivaient ensemble depuis une dizaine de jours, pourtant ils continuaient à se vouvoyer et ne s'étaient jamais embrassés. Erna ignorait les sentiments de Vincent à son égard, mais s'en fichait. Elle l'aimait passionnément, cela lui suffisait.

Elle aurait pu s'interroger sur certains

évènements curieux : les intrus du deuxième jour qu'elle n'avait pas vus. Pourquoi avaient-ils abandonné si rapidement sa poursuite ? L'ordinateur portable dans le bunker. Pourquoi s'était-il volatilisé ? Moérii qui n'arrivait pas. Existait-il vraiment ? La préparation sucrée qu'elle devait avaler deux fois par jour. Pourquoi Vincent refusait-il de lui révéler sa composition ?

En remontant plus loin dans le temps, elle repensa à son évasion de Kali. Au regard de la rigueur de sa détention, Erna aurait pu aussi s'interroger sur la facilité avec laquelle elle avait recouvré la liberté.

45

Île de Manus – douze jours plus tôt

Dans le bureau du directeur, Betty terminait son rapport :

— Je l'ai remise aux deux surveillants du quartier des hommes pour qu'ils la bouclent au cachot. Ils l'attendaient avec impatience.

Edgar Manatu visualisa la scène dans sa tête et sourit de ses grandes dents. Pas mécontent non plus de montrer que la loi, ici, c'était lui, pas les Américains. Il imaginait déjà avec un plaisir sadique la Française emmenée au four nippon. Puis sa sortie après une demi-journée passée à rôtir.

En attendant, à l'heure qu'il était, elle avait dû subir les assauts des gardiens certainement rejoints par plusieurs collègues. Ce n'était pas tous les jours qu'ils pouvaient s'offrir une Française.

Betty termina son rapport et conclut :

— Je finis mon service à midi, monsieur. Alors si vous n'avez plus besoin de moi…

Edgar Manatu acquiesça et Betty quitta le bureau, puis la prison.

Coincée entre deux poubelles, Erna attendait sous la bâche, recroquevillée sur elle-même. Elle bougeait le moins possible. Seulement pour changer de position chaque fois que son corps le lui réclamait. Le camion était arrêté depuis maintenant au moins deux heures. Les instants qu'elle venait de vivre étaient incompréhensibles.

Betty l'avait remise froidement aux gardiens du quartier des hommes sans la moindre compassion. Les deux surveillants l'avaient conduite et jetée menottée dans l'étroit cachot. Ils avaient commencé à la déshabiller. Impossible de lutter les poignets entravés ! Elle avait fermé les yeux pour mieux supporter le viol inévitable.

Soudain, ils s'étaient interrompus. On avait frappé contre la porte. Le premier avait ouvert pendant que l'autre avait maintenu la détenue immobilisée. Deux bruits sourds. Les gardiens s'étaient effondrés. Betty avait dévissé le silencieux et rangé son pistolet.

— Relève-toi ! avait commandé la surveillante. Et tourne-toi que je te détache !

Hébétée, Erna avait obéi sans discuter. Après lui avoir enlevé les menottes, Betty lui avait ordonné de se rhabiller.

Les deux femmes étaient ensuite sorties du cachot. Betty avait refermé la porte. Une chance qu'au mitard, on jeûne un jour sur deux. Les corps des surveillants ne seraient pas retrouvés avant le lendemain midi. Le scénario de leur assassinat par une détenue à l'isolement resterait incompréhensible.

— Suis-moi ! On n'a pas beaucoup de temps. Je dois aller faire mon rapport au directeur le plus vite possible.

Elle semblait connaître parfaitement les couloirs des sous-sols du quartier des hommes.

Après une marche à travers ce dédale sans croiser personne, les deux femmes avaient abouti à une porte donnant sur une cour où était garé un camion-benne chargé de gros sacs noirs en partie couverts d'une bâche.

– Grimpe ! avait murmuré Betty. C'est l'évacuation des poubelles. Planque-toi entre les sacs sous la bâche là-bas au fond ! Et ne bouge plus, quoiqu'il arrive !

Erna avait respecté la consigne. Peu de temps après, le camion avait démarré, il avait roulé pendant une vingtaine de minutes, puis s'était arrêté.

Deux heures qu'elle patientait sous la bâche. Les sacs dégageaient une odeur pestilentielle et la chaleur devenait insupportable. Le camion était certainement garé en plein soleil. Erna se risqua à sortir la tête de sa cachette. Le soleil l'éblouit. Outre le ciel bleu, la vue du sommet d'un palmier par-dessus les sacs lui confirma qu'elle se trouvait bien hors de l'enceinte de la prison. Elle entendait aussi des bruits de vagues. L'océan était sans doute proche. Elle fut prise d'une irrésistible envie de descendre du camion et de s'éclipser dans la nature. Mais pour aller où ? Elle ignorait la géographie de Manus.

Attendre ou partir ? Elle n'eut pas à trancher.

— Je t'avais dit de rester planquée sous la bâche, l'invectiva Betty qui venait de monter sur la plateforme.

— Excusez-moi, mais j'étouffais !

— Tu peux sortir maintenant. Ils sont tous allés bouffer. Suis-moi !

Erna ne s'était pas trompée : le camion était arrêté dans une décharge qui bordait l'océan. Betty l'entraîna jusqu'au rivage.

— Tu es bonne nageuse, je crois ?

— Comment le savez-vous ?

Elle lui montra un bateau au milieu de la baie de Los Negros.

— Réponds-moi ! Tu seras capable de rejoindre ce rafiot à la nage ?

— Sans problème.

— Alors, quitte ta tenue et donne-la-moi ! Elle me servira à les mettre sur une fausse piste et tu seras plus à l'aise pour nager !

— Pourquoi vous faites ça pour moi ? demanda Erna en retirant son uniforme de détenue.

— Fous-toi à l'eau ! obtint-elle pour toute réponse.

Betty l'observa s'éloigner du rivage dans un crawl parfait. La nageuse rejoindrait vite le bateau. Il était temps de repartir. Le plan B mis en place à la dernière minute s'était déroulé comme prévu. Il avait fait deux victimes collatérales, les deux gardiens, mais Betty n'avait pas eu le choix : le prix à payer pour obtenir le résultat escompté.

Il ne restait plus qu'à prévenir les gens de San Francisco du succès de la mission et reprendre l'activité habituelle plus tranquille d'agent de renseignements à la prison de Kali.

46

Île de Wagatu – lundi 14 août

Contrairement aux fois précédentes, les deux convives ne s'étaient pas assis en tailleur sur le sable pour le dîner, mais avaient pris place sur de vraies chaises à une vraie table.

Les deux verres de sauternes s'étaient entrechoqués par trois fois et Erna terminait de raconter à Vincent sa spectaculaire évasion de la prison de Kali.

— Vous vous rendez compte de cette incroyable coïncidence ! Si vous n'aviez pas stoppé votre bateau dans la baie, jamais nous ne nous serions rencontrés. Avec le recul, tout paraît si simple.

Sûrement pas une coïncidence ! pensa Vincent.

La bière offerte au bar par un inconnu juste avant de prendre la mer. L'irrésistible besoin de dormir au point de mettre en panne en plein milieu de la baie et de s'octroyer une petite sieste. Aucun doute possible, on avait ajouté une dose de somnifère à sa bière afin qu'il attende Erna.

Vincent essayait de comprendre. Pourquoi lui avait-on mis dans les pattes une évadée de Kali ? Pour l'accuser de complicité et l'arrêter ? Non, ce serait déjà fait. À moins qu'on ait voulu le pousser à reprendre ses travaux. Finalement, l'arrivée d'une droguée à l'héroïne sur son île n'était peut-être pas un évènement fortuit.

Dans tous les cas, il ne regrettait rien. Pour la première fois, il avait ouvert une brèche dans sa vie d'ermite. Et il appréciait.

Elle s'était livrée à lui comme il l'avait souhaité. Plus aucun barrage. Il s'en félicitait.

Erna avait les yeux pétillants de désir. Vincent l'observait.

— Vous êtes très belle, lui avoua-t-il.

— Merci.

— Je vous préfère ce soir plutôt que cinq jours en arrière.

— J'ai honte du comportement que j'ai eu.

— Ce n'était pas de votre faute. Oubliez tout !

Il avait de plus en plus envie d'elle. Réussirait-il à se retenir encore longtemps ?

Le foie gras était succulent. Il provoqua l'occasion d'échanger sur des sujets gastronomiques. Puis Erna posa la question qui lui brûlait les lèvres depuis le début du dîner :

— Pourquoi vous vous êtes réfugié sur cette île ?

— Pour avoir la paix.

— Maintenant je comprends. Avec moi, c'est raté alors ?

— Pas complètement.

Elle chercha ce qui se cachait derrière cette réponse. Que fuyait cet homme ?

— Vous pourriez être plus clair ?

Il la regarda fixement. Il avait envie d'elle. Pourtant, il ne devait pas. Finalement, lui raconter son histoire l'empêcherait peut-être de commettre l'irréparable à ses yeux. Et puis, elle s'était livrée à lui. Alors il lui devait bien la réciproque.

— C'était il y a deux ans, commença-t-il. À l'époque où je dirigeais le laboratoire Froment créé par mon grand-père…

47

Récit de Vincent

Ce jour-là, je n'étais pas peu fier. Dans les bureaux, le champagne remplissait les verres. L'information était tombée dans la matinée : l'OMS avait retenu notre vaccin pour la dernière phase de l'expérimentation. Ce serait au Tchad où sévissait avec la plus grande vigueur l'épidémie d'Ebola Doba. Nous avions remporté la course qui nous opposait à nos concurrents et plus particulièrement au laboratoire Restilab.

La visite de nos installations par les délégués de l'OMS prévue dans l'heure qui suivait perdait tout à coup de son importance. C'est pourquoi j'avais souhaité participer à cette fête improvisée. J'avais desserré un peu ma cravate avant de me lancer dans un bref discours. Je commençai par féliciter l'ensemble des collaborateurs du labo, puis je poursuivis par un petit mot à l'attention de mon épouse et de mon associée :

— Cette réussite, nous la devons aussi au docteur Marianne Froment qui a passé, ces derniers mois, plus de temps au labo qu'à la maison…

Je ponctuai ma plaisanterie en envoyant un sourire complice à ma femme avant de poursuivre :

— …mais cela en valait la peine ! Et je termine en rendant hommage à Rose Larcher, qui a accompli un travail phénoménal pour trouver les crédits nécessaires afin de financer les recherches qui nous ont permis d'aboutir.

Malgré son teint, le visage de Rose s'empourpra. Mon associée repensait certainement au long chemin parcouru depuis dix ans. Elle avait dû combattre l'a priori raciste de certains suscité par ses origines martiniquaises quand je lui avais proposé de rejoindre le cercle restreint des actionnaires du laboratoire Froment. Je savais qu'en même temps elle apporterait son expertise gestionnaire. Elle serait capable de nous aider à sortir l'entreprise de sa mauvaise situation financière.

Il était temps pour moi de quitter la fête pour recevoir les personnalités. Je fis un crochet par les toilettes en quête d'un miroir. Je m'aspergeai le visage, rajustai ma cravate et me passai inutilement la main dans les cheveux, tant ils étaient courts à l'époque. Satisfait par l'image renvoyée par la glace, je me rendis à l'accueil.

La visite ne fut qu'une simple formalité. Initialement prévue pour compléter l'argumentation, elle avait perdu de son intérêt politique. Je déployai toutefois toute mon énergie pour montrer le savoir-faire du labo. Je me fis ensuite un devoir d'inviter mes hôtes à dîner. Il était vingt-trois heures quand je pris congé des délégués de l'OMS et quittai le restaurant.

Je n'avais qu'une hâte, retrouver Marianne. Les moments d'intimité avaient été trop rares et trop courts ces derniers mois.

48

Marianne l'avait attendu avant d'aller se coucher. Il apprécia, tout comme la proposition d'un bon bain chaud.

Elle ne lui parla du coup de téléphone qu'une fois dans le lit.

— Ils m'ont encore appelée cet après-midi pour me relancer. Cette fois, ils ont doublé la mise. Ils doivent déjà être au courant pour le vaccin.

— Toujours en numéro masqué ?

— Oui. J'ai demandé à Rose si elle aussi avait été sollicitée. Non. Et toi ?

— Non plus, mais j'avais coupé mon téléphone. En tout cas, je n'ai pas reçu de message.

— Mais pourquoi, n'en veulent-ils qu'à mes parts dans la société ? Je ne suis pas majoritaire.

— Oui. Et personne de nous trois n'est individuellement majoritaire. Mais en récupérant tes parts, les miennes ou celles de Rose, c'est un premier pas.

— Ils devraient savoir que nous ne vendrons jamais séparément.

— Ils l'ignorent sans doute. Et si on parlait d'autre chose.

Vincent était fatigué, mais le désir l'emporta sur le besoin de sommeil. Il se tourna vers Marianne et la caressa. Il aimait le contact avec la peau douce de sa femme. Trente ans de mariage et pourtant il la trouvait toujours aussi désirable.

49

Vincent avait limité son récit à la réussite du laboratoire dans l'élaboration du vaccin. Il jugea qu'Erna n'avait pas besoin de connaître les détails de la nuit d'amour qui avait suivi. Vincent en conservait un souvenir idyllique. La passion qui l'unissait à sa femme avait une saveur irréelle. Jamais il ne pourrait vivre sans Marianne.

Pourtant, aujourd'hui, ses grandes certitudes étaient ébranlées à cause d'Erna.

Il s'était fait prendre à son propre piège. Il avait pourtant rejeté cette intruse entrée par effraction dans son existence en débarquant à l'improviste sur son île. À l'improviste ? Pas sûr, mais ça, c'était une autre histoire.

Pourquoi les vieux démons de Vincent l'avaient-ils rattrapé au galop quand il avait compris qu'elle était droguée ? Pourquoi le biologiste avait-il pris le pas sur l'ermite ? Ce besoin de profiter de la désintoxication pour en faire « sa chose »… et de réussir. Le résultat était manifeste, Erna était désormais sous sa coupe.

L'expérience aurait pu s'arrêter là, mais c'était sans compter les effets secondaires. « Sa chose » était redevenue femme à ses yeux. Il n'arrivait pas à réfréner son désir pour elle. Pire, Erna avait réussi, sans doute malgré elle, à faire vaciller l'image de Marianne dans la tête de l'ermite.

Pourquoi ? La ressemblance peut-être. Toutes deux étaient grandes, charpentées. Même couleur de cheveux. Vincent s'efforçait de chercher des différences. L'âge, bien sûr : Erna était plus jeune, mais à presque cinquante ans Marianne en paraissait dix de moins. Il trouva enfin une divergence : l'une avait horreur de l'eau, l'autre était une excellente nageuse. Détail bien insuffisant pour s'affranchir des pensées importunes.

Vincent avait élevé Marianne au rang d'icône. Depuis deux ans, il continuait de vivre avec elle… dans une construction mentale. En permanence. Vingt-quatre heures sur vingt-quatre. Sept jours sur sept. Il l'aimait intensément, exclusivement.

Ce soir, l'édifice se fissurait.

50

Doba (Tchad) – deux ans plus tôt

Face au miroir de la chambre, Véra ajustait les brides de son caraco rouge dont elle détestait la couleur, mais Félix exigeait le port de cette lingerie à chaque rendez-vous. Fétichisme flagrant !

Véra retourna à la salle de bain pour s'asperger à outrance de *Bint el Sudan*[1], une autre exigence de Félix. Au passage, elle resserra avec force les robinets de la baignoire. Des semaines qu'elle avait signalé la fuite ! L'Auberge Hilton n'avait d'Hilton que le nom. Mais il n'y avait pas mieux à Doba. L'hôtel labellisé cinq étoiles en méritait à peine deux. Son seul intérêt : il était propre et sûr, raison pour laquelle Véra l'avait choisi pour exercer son activité.

Retour devant le miroir. Elle était prête. La venue de Félix allait la changer du client précédent. Un Américain arrivé récemment dans la région. Un cas celui-là ! Il avait payé le plein tarif juste pour parler. Il voulait connaître le quotidien de Véra. Certains hommes fantasment sur la vie des prostituées. Elle avait d'abord hésité, mais son

---

[1] Parfum très répandu en Afrique, aussi surnommé le Chanel n°5 d'Afrique.

existence était d'une telle banalité qu'elle avait accédé à la demande. Elle n'avait rien à cacher.

À la fin, Véra lui avait tout de même proposé une petite gâterie. C'était le minimum pour ce tarif ! Mais il avait décliné l'offre. Il ne souhaitait pas de relation sexuelle. En dernier ressort, elle avait suggéré une masturbation de ses doigts experts. Nouveau refus. C'en était vexant !

Véra pensa à Félix Ouaddaï. Son arrivée lui ferait oublier l'épisode déroutant avec l'Américain. Le gouverneur de la province du Logone Oriental était un habitué, lui. Et normal. Il résidait dans une somptueuse demeure à Doba où il aurait pu recevoir sa putain préférée, mais il aimait mieux retrouver Véra à son hôtel. L'escapade lui donnait une impression d'évasion, même si ses deux gardes du corps l'accompagnaient toujours jusqu'à la porte de la chambre.

Véra l'aimait bien malgré son manque de douceur. Et puis grâce aux fonctions de gouverneur de ce client haut placé, Véra n'avait jamais de problème avec les autorités ni avec les proxénètes locaux. Quand on est blanche et putain de luxe à Doba, on suscite des jalousies, mais quand on est intime avec le gouverneur de la province, on peut exercer son métier en toute sérénité et en toute indépendance.

Félix Ouaddaï arriva vers quinze heures. Véra s'offrit à lui en se conformant aux habitudes. Elle se plia à ses désirs qu'elle connaissait par cœur pour permettre à cet homme infatigable d'assouvir ses besoins.

Quand Félix fut enfin rassasié, tous deux entamèrent une conversation comme l'auraient fait des amis de longue date.

— Tu es toujours décidée à quitter le Tchad ? demanda Félix.

— Oui. Tu vas devoir te trouver une autre pute, mon lapin. Je vais rentrer en France. J'ai pas envie de choper cette saloperie de virus qui vous transforme en pourriture.

— J'ai une info pour te faire changer d'avis. Ils ont découvert un vaccin. Doba sera la première ville du Tchad à en profiter. J'ai établi des listes avec des priorités. Tu feras partie des premières personnes vaccinées.

— Merci, t'es gentil. Mais pour te parler franchement, j'ai un peu le mal du pays. J'ai envie de rentrer.

— Si c'est un problème de fric, je peux te payer plus.

— Non, t'inquiète ! Juste envie de rentrer.

— Tu feras quoi en France ?

— La même chose qu'ici. J'sais rien faire d'autre. Je retrouverai mes anciens clients. Ça fait seulement un an que j'ai quitté Paris pour m'installer à Doba.

Félix n'insista pas. Il la savait déterminée.

— Tu me manqueras.

— Toi aussi, avoua-t-elle sans hypocrisie.

— Tu pars quand ? demanda-t-il.

— Dans dix jours. J'ai déjà mon billet d'avion.

– C'est encore loin. Fais-toi vacciner en attendant !

– D'accord !

51

Le virus avait migré depuis la République démocratique du Congo et s'était installé dans d'autres pays d'Afrique centrale. Au Tchad, la région de Doba était une des plus attaquées par l'épidémie.

Les premiers cas avaient fait penser à la maladie de Noma à cause des symptômes. L'affection détruisait les tissus musculaires et osseux de la face ainsi que les organes génitaux. Mais habituellement, cette pathologie se rencontrait chez des personnes souffrant de malnutrition, ce qui n'était pas le cas des individus qui avaient contracté la maladie.

Les analyses révélèrent une mutation du virus Ebola rapidement baptisé Ebola Doba.

Marianne Froment était arrivée la veille à N'Djamena. La journée lui avait été nécessaire pour se rendre à Doba. Elle était éreintée mais heureuse de livrer les vaccins. Elle avait insisté auprès de Vincent pour lancer la campagne avec l'OMS. Lui aurait préféré la garder à ses côtés pour qu'elle se repose de l'épuisant travail qu'elle avait déjà accompli. Mais Marianne n'était pas femme à rester inactive. La cause humanitaire lui paraissait prioritaire.

Le docteur Marc Chatarian qui l'avait attendue avec impatience l'accueillit chaleureusement :

— Bonjour Marianne. Content de vous voir. Le voyage s'est bien passé ?

— Oui merci, Marc ! répondit-elle.

— Combien de vaccins avez-vous apportés ?

— Deux cents, mais trois mille doses arrivent demain. Il faut commencer rapidement.

— Pas de problème. Je viens de recevoir les derniers documents de validation des autorités tchadiennes.

Tout allait pour le mieux : le vaccin avait déjà fait ses preuves sur un panel restreint de malades et l'OMS avait reçu le feu vert pour poursuivre l'expérimentation au Tchad sur cinq mille individus.

Marc Chatarian observa Marianne porter machinalement la main à l'oreille pour redresser sa créole. Un moyen pour lui de contrôler son regard qui avait une fâcheuse tendance à s'égarer sur d'autres parties du corps féminin.

— Je vais dormir un peu et je me joindrai au groupe qui vaccine, annonça Marianne.

— Vous n'y pensez pas ! répliqua Chatarian. Avec tous les risques de contagion. Laissez plutôt faire les « locaux » !

— Quand je sors du labo, c'est pour faire de l'humanitaire, Marc. Si j'ai apporté les vaccins jusqu'ici, ce n'est pas pour me coller derrière un bureau et attendre.

— C'est pour moi que vous dites ça ?

— Non, ne le prenez pas mal ! Mais je ne vois pas au nom de quoi nous laisserions tous les risques liés à la contagion à nos confrères tchadiens. Nous ne sommes plus au temps des colonies.

Marianne argumenta pour prendre une part active à la campagne. Elle rappela qu'elle était convaincue de l'efficacité du vaccin. Elle avait d'ailleurs prélevé une dose pour elle-même.

— Vous allez me vacciner, Marc ! Ainsi, je serai à l'abri de toute contamination.

— Comme vous voudrez, Marianne.

Un quart d'heure plus tard, la médecin tendait son bras à Marc Chatarian. Une banale piqûre, et Marianne serait immunisée contre Ebola Doba. Elle se renseigna ensuite sur la logistique mise en place pour la vaccination.

— Le gouverneur de la province a établi une liste, répondit Marc. Avec un ordre à respecter. Nous devons commencer par les prostituées de la ville.

— Les prostituées ? Pourquoi ?

— L'état tchadien veut protéger ses soldats. Vous comprendrez donc le pourquoi de ce choix.

— Elles sont nombreuses ?

— Dix-sept Africaines plus deux Européennes recensées à Doba.

— Pourquoi cette distinction raciale ?

— Pour vous montrer qu'il existe bien une égalité de traitement.

Marianne n'insista pas. Elle ramena son bras à elle. Elle était désormais vaccinée. Il était temps de dormir un peu. Les heures qui suivraient ne seraient pas de tout repos.

52

Île de Wagatu – lundi 14 août, fin du dîner

Vincent avait la gorge serrée. Il ajouta :

– Marianne a dirigé la campagne de vaccination avec le personnel médical. Elle est morte trois jours plus tard.

Il ferma les yeux un instant puis compléta :

– Avec le travail au labo, nous menions une existence de dingue. À quoi bon faire fortune si on ne profite pas de la vie ? Un jour, j'ai proposé à Marianne de tout plaquer et de partir vivre sur une île déserte. Au début, elle était réticente, mais j'ai réussi à la convaincre. C'est même elle qui a dégotté cette île. Elle appartient à un milliardaire américain. Il ne voulait pas vendre Wagatu, mais était prêt à la louer. Marianne et moi avions décidé, une fois le vaccin lancé, de céder nos parts dans la société pour venir nous installer ici tous les deux.

Erna écoutait attentive et affligée.

– Et puis, l'expérimentation du vaccin s'est transformée en catastrophe. Marianne est morte. On m'a accusé d'avoir mis sur le marché un vaccin frelaté. C'était malheureusement exact, mais je ne sais pas comment cela s'est produit. J'ai un doute sur Restilab notre principal concurrent qui voulait nous absorber, mais je n'ai jamais rien pu prouver. Et puis je n'arrive pas à imaginer qu'on puisse tuer des centaines de personnes pour racheter une entreprise.

Pourquoi racontait-il toute cette histoire à Erna ? Il n'en savait rien, mais en éprouvait le besoin.

— J'étais anéanti. Peu de temps après, j'ai été recontacté pour l'île. J'ai demandé son avis à Marianne, comme si elle était toujours là. Puis j'ai pris ma décision. Je me suis enfui et je suis venu m'installer à Wagatu.

Il marqua un silence avant de conclure.

— Nous aurions dû vivre ici tous les deux, passer notre temps à nous aimer. Mais elle est morte !

Il déglutit et quitta la table pour partir vers la plage. Il ne voulait pas montrer qu'il pleurait.

Erna se leva à son tour et le rejoignit. Elle l'enlaça et le caressa pour tenter de le réconforter.

Ils restèrent ainsi un long moment.

Elle avait compris qu'il aimait toujours Marianne passionnément, mais inexplicablement cet amour posthume semblait renforcer celui qu'elle, Erna, éprouvait pour lui.

Quant à lui, il s'imagina dans les bras de Marianne. Il se sentait bien.

Aucun ne chercha à lutter. Au contraire. Ils se laissèrent tomber sur le sable sans desserrer leur étreinte.

53

Avignon (France)

Le public était clairsemé dans les gradins du Théâtre des Halles. Le docteur Marc Chatarian n'était pas surpris. Sa conférence traitant de la médecine humanitaire n'attirait pas les foules. Mais il persévérait, convaincu que relater son expérience africaine à travers un périple hexagonal était le meilleur moyen pour sensibiliser de possibles donateurs.

Avignon était l'une des étapes de sa tournée. Bientôt, il retournerait en Afrique. Comme chaque soir, vidéos à l'appui, il expliquait les catastrophes épidémiques dont il avait été témoin et les solutions mises en œuvre pour en éviter de futures.

Assise au troisième rang, Géraldine s'interrogeait sur la meilleure façon d'obtenir des informations auprès du conférencier qui deux ans plus tôt avait eu d'étroites relations avec le laboratoire Froment.

Chatarian faisait partie de la liste des gens que Gratiol et la journaliste s'étaient répartis pour tenter de glaner des renseignements susceptibles de les mettre sur la piste d'Erna. Géraldine n'était pas convaincue de recueillir la moindre information concernant son amie disparue, mais elle s'en

202

remettait à la méthode du détective qui se résumait ainsi : « En l'absence de piste évidente, il faut ratisser large. La lumière jaillit parfois d'endroits où on l'attend le moins. »

L'agenda des conférences avait indiqué à la jeune femme que le médecin serait à Avignon ce jour-là. À peine à plus d'une heure de route de chez elle. Une aubaine !

La journaliste posa quelques questions anodines lorsque le micro passa dans le public. Elle réservait les plus ciblées pour la fin, quand le médecin quitterait le pupitre.

La conférence terminée, la salle se vida rapidement. Chatarian disparut dans les coulisses. Géraldine monta les cinq marches à gauche de la scène pour tenter de le rencontrer. Elle le retrouva sans difficulté dans une des deux loges au bout d'un couloir.

Assis face au miroir, Chatarian remplissait son second verre d'eau.

— Bonsoir, lui lança la jeune femme avec un grand sourire. Je suis Géraldine Voltier, journaliste à l'*Essor héraultais*.

— Bonsoir, répondit le médecin ravi d'attirer l'attention de la presse.

— Votre conférence était remarquable, mentit Géraldine qui s'était abominablement ennuyée.

Il la remercia et consentit de bonne grâce à se prêter à une interview spontanée.

Après une série de questions banales plus orientées sur le médecin que sur l'humanitaire, la journaliste demanda :

— Il y a deux ans, au Tchad, la campagne de vaccinations contre Ebola Doba s'est transformée en catastrophe. À l'époque, vous étiez aux premières loges. Ça a dû être terrible !

Il ne s'attendait pas à cette remarque. Il ravala sa salive. Il eut envie de changer de sujet, d'autant qu'à cet instant, l'image du cadavre de Marianne étendue sur le brancard de l'autre côté de la vitre lui revint en mémoire. Mais il fallait répondre :

— Oui. Effroyable. Non seulement le virus est mortel, mais en quelques jours, un homme sain se voit littéralement dévoré avant de mourir dans d'atroces souffrances.

— La docteur Marianne Froment est décédée des suites de sa vaccination, enchaîna Géraldine. Je voudrais interviewer son mari. Savez-vous ce qu'il est devenu ?

Elle sentit le trouble envahir son interlocuteur.

— Pourquoi cette question ?

— Le virus a été largement traité, se justifia la journaliste. Je m'intéresse aux acteurs de l'époque. Après la faillite du laboratoire Froment et son rachat par Restilab, Vincent Froment a disparu de la circulation. J'aimerais retrouver sa trace.

Quoique mal à l'aise, le docteur Chatarian se reprit :

— Je ne l'ai jamais revu depuis la mort de son épouse. Vous savez certainement que cette disparition l'a énormément affecté. Ajoutez à ça le scandale du vaccin…

Il s'arrêta.

– Il s'est enfui, renchérit Géraldine.

– Peut-être même s'est-il suicidé ! Ce qui est sûr, c'est que plus personne n'a entendu parler de lui depuis deux ans.

Mentait-il ? Géraldine chercha à pousser le médecin dans ses retranchements. Sans résultat.

Au bout d'une demi-heure, Marc Chatarian mit fin à l'interview. Géraldine dut se résoudre à rentrer à Montpellier avec une moisson décevante.

Le retour s'était montré compliqué. Un accident sur l'autoroute A9 avait provoqué un énorme bouchon, puis, à l'entrée de Montpellier, des travaux de nuit avaient contraint la Citroën C3 à emprunter une déviation pour enfin arriver à l'appartement. Il était une heure du matin.

Les ennuis se poursuivirent quand Géraldine pressa le bouton de la télécommande pour ouvrir le portail des garages en sous-sol de l'immeuble. Rien ne se produisit.

– Cochonnerie de portail ! maugréa-t-elle. Encore en panne !

Pourtant, en fin d'après-midi, quand elle était partie, il fonctionnait. Pas d'autres solutions que de stationner dans la rue !

La jeune femme fit le tour du quartier et trouva une place libre deux rues plus loin. Elle gara la C3, puis s'empressa de rejoindre son immeuble, désireuse de terminer au plus vite cette courte marche nocturne, même si le quartier affichait une réputation tranquille.

Les rues étaient désertes, c'était rassurant. Jusqu'au moment où Géraldine vit arriver face à elle une silhouette de grande taille. Son sang se glaça. Il était sans doute stupide de penser que toute personne rencontrée en pleine nuit était un agresseur potentiel. Mais par précaution, la journaliste plongea la main dans son sac pour attraper la bombe antiagression qu'elle avait toujours avec elle.

Elle se rapprochait de l'homme. Elle ne distinguait pas ses traits en raison de la nuit, mais découvrait une sorte de géant. Elle s'arrêta de marcher. Lui continuait d'avancer. Elle fit demi-tour mais fut empêchée de courir par la grosse main qui lui saisit le bras. Elle se débattit.

– Lâchez-moi ! cria-t-elle.

Oh, comme elle avait eu raison d'anticiper ! Elle réussit à se retourner et reconnut le géant de la ferme sur la route d'Alès. Elle releva sa main libre. Le colosse n'eut pas le temps de comprendre. Il reçut le jet de gaz en pleine figure. Ses yeux le brûlèrent. Il lâcha immédiatement sa proie.

Géraldine s'enfuit en courant. Quand l'effet du gaz se serait estompé, son agresseur ne mettrait pas longtemps à la rattraper. Par chance, au bout de la rue, elle aperçut quelqu'un qui sortait d'une voiture. Elle cria :

– Au secours ! Attendez-moi ! J'ai été agressée.

L'homme, de type asiatique, parut d'abord surpris. Il semblait hésiter sur la conduite à tenir. Dans ce genre de situation, il arrive souvent que les témoins s'esquivent, par peur ou pour éviter les histoires. Celui-ci entrait-il dans cette catégorie ? Non. Il ouvrit la portière côté passager au moment où la journaliste arrivait à sa hauteur.

– Dépêchez-vous ! Montez ! répondit-il à la jeune femme.

Géraldine s'engouffra dans le véhicule, un Renault Kangoo de couleur moutarde.

55

Île de Wagatu

Erna sortit de la cabane, vêtue de sa chemise d'emprunt à gros carreaux et de son jean toujours aussi large. Vincent dormait encore. Elle n'avait pas voulu le réveiller.

Elle offrit son visage au soleil déjà haut dans le ciel. Elle observa un kumul qui paradait autour de sa femelle, puis porta son regard sur l'océan. Une tache au loin attira son attention. Un bateau.

Tant pis pour la grasse matinée de Vincent, elle devait le réveiller.

Un quart d'heure plus tard, l'embarcation était identifiée grâce aux jumelles.

— C'est le *Kundu*, le bateau de Moérii, se réjouit Vincent.

Une crainte soudaine envahit Erna et justifia une question :

— Je ne repars pas avec lui ? J'ai toujours le droit de rester ?

— Évidemment, répondit-il sans la moindre hésitation.

Ouf ! Elle put se réjouir à son tour.

Ils avaient rejoint la crique où était ancré le

Tamarua en panne. Le *Kundu* opéra des manœuvres inhabituelles. Vincent comprit pourquoi quand il aperçut l'homme qui tenait la barre. Ce n'était pas Moérii.

Qui était cet inconnu aux longs cheveux blonds, aux bras couverts de tatouages et à l'allure négligée, qui pilotait le bateau de Moérii ? Erna apporta la réponse :

— Brandon, c'est Brandon ! Mais comment a-t-il fait pour venir jusqu'ici pour me retrouver ?

— Et surtout, comment a-t-il fait pour venir avec le bateau de Moérii ?

L'embarcation s'amarra au *Tamarua*. Brandon rejoignit le couple sur le rivage. Erna se précipita vers lui, mais l'homme aux cheveux blonds la stoppa dans son élan en mettant la main en avant.

— Mais Brandon… commença Erna.

— On remet les effusions à plus tard. Je suis venu te chercher.

Vincent qui s'était tu jusqu'à cet instant intervint :

— Dîtes donc, mon garçon ! C'est le bateau de Moérii. Pouvez-vous me dire où est son propriétaire ?

— À l'hôpital. Crise d'appendicite aiguë. Il devait me conduire jusqu'à vous, mais au dernier moment, j'ai dû lui louer le bateau et venir seul.

Pas le genre du Mélanésien à confier son embarcation à un inconnu, pensa Vincent.

Brandon n'attendit pas la question suivante.

— Erna ! On n'a pas de temps à perdre. Tu embarques !

– Pourquoi si vite ? réagit-elle. Et puis, tu pourrais me demander mon avis. J'ai pas envie de partir. Je suis une taularde en cavale. Dès que je poserai le pied à Manus, je me retrouverai en prison.

– Discute pas ! Ils ont besoin de toi pour témoigner devant le juge à San Fran[1].

– Témoigner ? Sur quoi ?

– Sur le meurtre du 29 juin.

– Quel meurtre ?

– Maintenant, ta gueule ! Je t'expliquerai sur le bateau.

Il lui attrapa violemment le bras et la tira à lui. Vincent s'interposa :

– Laissez-la ! C'est à elle de décider !

Erna se dégagea et se réfugia dans les bras de Vincent. Brandon sortit un pistolet de sa poche, un modèle ancien de Sig-Sauer P226, et le brandit en direction du couple.

– Erna, monte sur le bateau ! ordonna-t-il. Et toi, le connard, tu recules jusqu'aux rochers, là-bas !

– Non, Brandon. J'irai pas avec toi !

Une détonation retentit. Le sable se souleva à la gauche de Vincent.

– Dernier appel ! Tu embarques où j'éclate le bide à ton copain !

Il s'adressa ensuite à Vincent :

– Tu ne voudrais pas finir comme le proprio du bateau qui a essayé de résister. À l'heure qu'il est,

---

[1] San Francisco.

les poissons ont dû terminer de le bouffer. À toi de voir !

La crise d'appendicite était donc bien un mensonge. Ces derniers propos suffirent à calmer tout le monde.

Quelques instants plus tard, le *Kundu* reprenait la mer, Brandon à la barre et Erna prostrée au fond de la cabine.

56

Le *Kundu* naviguait depuis près d'une heure quand Erna rompit le silence :

— Comment tu m'as retrouvée ?

— On m'a demandé de venir te chercher. Ceux pour qui je bosse savaient que tu étais sur cette île depuis le premier jour. C'est même eux qui t'y ont envoyée. Ils ont seulement eu la trouille que tu te sois noyée quand ils ont localisé ton bracelet au milieu de l'océan. Ils ont été rassurés quand ils ont su que tu te planquais dans le bunker.

Les types qui avaient débarqué sur l'île, tabassé Vincent et démoli le bateau : une mise en scène ? Une multitude de questions germa dans la tête d'Erna.

Le point de rendez-vous approchait. Brandon coupa court aux explications :

— On se quitte bientôt, Erna. Je vais te remettre à des types à qui tu devras obéir.

— Qu'est-ce qui t'arrive, Brandon ? J'te reconnais pas. On est sorti ensemble, on a couché ensemble. T'étais plein d'attention pour moi. Et là, maintenant, j'ai l'impression d'être devenue juste un colis à livrer.

— T'as pas complètement tort.

— Tu t'es bien foutu de ma gueule, espèce de salaud !

Il jugea inutile de répondre. Oui, il était en service commandé. Il avait dû l'emmener à la soirée d'Upper Haight. Il avait fait le job. On l'avait payé pour ça. Et la baiser avait été un bonus, rien de plus.

— C'est quoi cette histoire de témoignage devant un juge ?

— Tu devras raconter que tu as vu Nancy tirer et descendre son petit copain.

— C'est qui Nancy ?

— Putain, t'étais vraiment shootée !

Elle n'avait rien vu du tout et ne se souvenait d'aucun détail de la soirée, mais elle commençait à comprendre certaines choses. Le meurtre dont elle était accusée entre autres !

— Ils t'expliqueront à San Fran. Pour témoigner, il vaut mieux que tu saches que Nancy est la nièce de notre cher président.

57

Géraldine émergeait doucement de son sommeil. Elle chercha à se mettre sur le côté. Impossible de bouger. Elle était retenue par les bras et les jambes. Une peur panique s'empara d'elle et termina de la réveiller. La lueur des lampes de sécurité était suffisante pour découvrir le décor. Aucun doute possible, elle se trouvait dans une chambre d'hôpital. Son agression lui revint immédiatement en mémoire. Avait-elle été blessée ? Non, elle s'était défendue avec sa bombe lacrymogène puis s'était enfuie. Les souvenirs se précisèrent : l'homme qui l'avait invitée à monter dans sa fourgonnette pour la secourir. Elle avait claqué la portière. Mais pourquoi ne démarrait-il pas ? Elle avait alors vu la seringue. Trop tard pour réagir avant que celle-ci ne se plante dans son bras. Elle avait compris, en même temps qu'elle perdait connaissance.

Désormais complètement réveillée, Géraldine retrouvait sa lucidité.

On l'avait enlevée !

Elle redressa la tête. À la lumière des blocs de sécurité, elle vit et comprit. Aucun drap, aucune couverture. Elle était vêtue d'une blouse de patient comme pour une opération chirurgicale. Elle tourna la tête et découvrit les sangles blanches qui retenaient ses poignets attachés au lit. Sans les voir distinctement, elle devina que les mêmes entraves lui enserraient les chevilles et maintenaient ses jambes immobiles. Elle aperçut d'autres lanières inutilisées de chaque côté du lit, certainement prévues pour un blocage ventral. Celui qui l'avait ligotée avait sans doute jugé les quatre points d'attache suffisants. Elle se rangea malheureusement à cet avis après avoir entrepris quelques mouvements de bassin qui ne servirent à rien.

Elle aperçut alors à droite du lit un pied à sérum et constata une perfusion posée à son bras.

Elle venait de réaliser la situation avec horreur quand la porte de la chambre s'ouvrit. Le néon central s'alluma.

Le temps de s'habituer à l'éclairage, et malgré la blouse blanche et le masque de protection qu'il portait, elle reconnut l'homme à la fourgonnette, à cause des yeux qui trahissaient ses origines. Japonais ou Chinois ? Question idiote. Quelle importance ?

— Je vois qu'on est réveillé, lança l'arrivant avec un air faussement avenant. La dose anesthésique était légère. Vous devez vous sentir en pleine forme.

La voix était nasillarde et étouffée à cause du masque.

— Qu'est-ce que vous me voulez ? cria Géraldine

en guise de réponse. Détachez-moi tout de suite !

— Doucement, doucement, doucement, Mademoiselle Voltier !

Il me connaît, pensa Géraldine. *À moins qu'il ait fouillé dans mes papiers.*

— Qui êtes-vous ? Pourquoi m'avez-vous enlevée ? Pourquoi ce masque ? Pourquoi suis-je attachée ?

— Une question à la fois, s'il vous plaît. Je suis médecin et vous êtes une de mes patientes.

— Mais je ne suis pas malade.

— Personne n'a affirmé le contraire, répondit le praticien avec un sourire ironique. Je n'ai pas encore vérifié, mais vous paraissez en bonne santé.

La vanité le poussait à tout expliquer, tandis que la prudence le retenait. Malgré l'envie qui le démangeait, il renonça à se présenter, à dire qu'il était le docteur Ishii, qu'il avait déjà publié par trois fois dans la revue *Science*. Pour le reste, il allait diffuser les informations au compte-gouttes comme la perfusion.

— Pour la deuxième question, enchaîna-t-il. Vous devriez savoir qu'il est dangereux de fourrer son nez partout.

Géraldine comprit, sans toutefois deviner quelle curiosité lui était reprochée. Erna ? Chatarian ? Les vendeurs de tomates de la route d'Alès ? Oui, certainement, puisqu'elle avait reconnu le mastodonte de la ferme ! En quoi avait-elle dérangé ?

Elle était morte de peur, mais son métier de

journaliste l'aidait à assumer la situation. Obtenir le maximum d'informations de la part de ce type qui avait envie de parler. Pour le moment, elle devait le laisser s'exprimer. Ses propos pourraient peut-être la renseigner et lui permettre de trouver le moyen de se sortir de ce mauvais pas.

— Savez-vous comment fonctionne la recherche dans un laboratoire pharmaceutique, Mademoiselle Voltier ?

Il poursuivit sans attendre la réponse :

— On isole le germe qui provoque la maladie. Selon le cas, c'est un virus, une bactérie ou un parasite. On l'analyse et on invente un antigène capable de stimuler la production d'anticorps par le système immunitaire.

Elle écoutait.

— C'est un long travail, mais une fois qu'on a trouvé le vaccin, on n'est pas au bout de nos peines. La réglementation impose d'abord une phase de développement préclinique en laboratoire, puis une expérimentation sur l'animal avant de tester enfin le vaccin sur l'homme. Du temps perdu qui peut mettre en péril un laboratoire à cause de la logique économique et de la concurrence acharnée.

En d'autres circonstances, elle aurait pu commenter en rappelant le scandale du vaccin Ebola Doba par le laboratoire Froment. Mieux valait toutefois laisser poursuivre l'homme à la blouse blanche pour enfin savoir où il voulait en venir.

— Mademoiselle Voltier, grâce à vous je vais

gagner un temps précieux en sautant les dernières étapes de l'expérimentation d'un nouveau vaccin.

Elle venait de comprendre. Les sangles, la perfusion ! Terminée la tactique de journaliste ! Finis les calculs pour le faire parler ! En entendant les derniers propos, la jeune femme bascula dans la terreur. Elle hurla, se débattit, supplia. Ishii se tut. La réaction du cobaye ne le surprenait pas, le scénario était toujours le même !

Il quitta la chambre avant de revenir quelques instants plus tard avec une seringue. Quand il aurait injecté le sédatif, il pourrait poursuivre ses explications sans être interrompu. Dans un premier temps, la patiente serait calme et attentive. Elle l'écouterait. Une façon à lui de prouver sa notoriété. Ensuite, elle s'endormirait, tranquillement.

58

Il lui avait tout expliqué. Elle avait tout compris. Elle allait servir de cobaye pour le laboratoire. Le reportage avait raison. Vincent Froment avait fait des émules. C'était même peut-être lui qui tirait les ficelles depuis l'autre bout du monde !

Le toubib-geôlier ne s'était pas montré avare de détails. Géraldine n'appartenait pas à la population retenue dans son panel. Les tests devaient porter sur des individus de sexe masculin entre quinze et vingt-cinq ans. Elle était une femme, et trop âgée avec ses trente-six ans. Mais le dernier protocole avait provoqué une hécatombe à cause d'un problème de dosage. Aucun cobaye n'avait survécu. Ishii élargissait donc opportunément son panel. De toute façon, il devait se débarrasser de la journaliste trop curieuse.

Il avait même ajouté avec froideur :

— Ne soyez pas défaitiste ! Vous avez une chance de vous en sortir. Je vous rappelle que l'objectif recherché est la survie des malades.

Elle écoutait, abasourdie et terrorisée, sans avoir la force de réagir.

— Et puis, vous pouvez me remercier, poursuivit-il. J'aurais pu vous livrer à Goliath. Il n'a vraiment pas aimé votre bombe lacrymogène. Il se serait fait

220

un plaisir de vous faire payer à sa façon votre geste, si je ne l'en avais pas empêché.

Le sédatif commençait à produire son effet. Géraldine écoutait sans réagir.

— Vous inaugurez un nouveau protocole. Pour éviter le choc à l'origine des précédents décès, j'ai décidé de procéder à une injection plus lente du vaccin. Votre perfusion est en place depuis six heures. Pour l'instant, votre organisme semble très bien supporter cette inoculation progressive. J'en suis ravi. Vous avez plus de chance que vos prédéccsscurs. Jusqu'à présent, aucun n'a résisté à la violence de mon vaccin et je n'ai jamais pu lancer l'étape suivante.

Cette fois, c'était trop. Malgré l'action du sédatif, Géraldine trouva la force de tirer sur ses sangles. Geste évidemment sans aucun effet. La colère sortit par sa bouche.

— Vous êtes un débile et un monstre !

Il resta indifférent au terme de monstre, mais la qualification de débile l'indisposa. Il alla chercher un rouleau d'*Hypafix*[1] et il en coupa une longueur de vingt centimètres qu'il colla sur la bouche de l'impertinente. Il pouvait désormais poursuivre ses explications sans être interrompu par les insultes :

— Dans quelques heures, si tout se passe comme prévu, vous serez immunisée contre la peste bubonique. Attention, je ne parle pas de celle qui sévit depuis l'Antiquité et dont on guérit aujourd'hui avec de simples antibiotiques. Je parle

---

[1] Bande adhésive médicale.

d'un nouveau bacille créé dans nos laboratoires, nommé Yersinia pestis V2, bien plus agressif et résistant que celui connu jusqu'à ce jour. Je reviendrai vous l'injecter à deux heures… si vous êtes toujours en vie, bien entendu. Nous serons ensuite très vite fixés sur l'efficacité du vaccin. Je reconnais que ça fait beaucoup d'hypothèses pour que vous surviviez. Dans tous les cas, quelle que soit l'issue, vous aurez eu l'honneur de faire progresser la science. Dans peu de temps, vous dormirez profondément. Vous ne serez donc pas témoin de cette prodigieuse expérience, j'en suis désolé. J'ai pris cette précaution pour rendre votre organisme pleinement réceptif au vaccin et au bacille. Je vous souhaite une bonne journée, Mademoiselle Voltier.

Il quitta la pièce.

Géraldine se débattait. Les hurlements qu'elle poussait étaient étouffés par son bâillon.

La peste ! Il va m'inoculer la peste. Sans parler du vaccin. Et si c'était le même que celui du Tchad ? J'ai chaud, j'ai mal au ventre. Je vais mourir. Je dois m'enfuir.

La peur, l'angoisse, le regret d'être montée dans la voiture sans réfléchir laissèrent rapidement la place aux images d'Épinal. Elle se souvint d'un film qui traitait de la peste. Elle se voyait déjà couverte de pustules que son imagination faisait gonfler et éclater.

Elle continua de s'époumoner en vain derrière son bâillon, jusqu'à l'épuisement, puis elle s'endormit.

59

Il était dix-neuf heures. Dans son appartement, Gratiol réfléchissait, un crayon à la main et une carte routière dépliée sur la table.

Intéressant et inquiétant ! Voilà comment il résumait l'historique des déplacements du Kangoo moutarde depuis qu'il lui avait collé un traceur GPS.

Son plan avait fonctionné à merveille. Une simple formalité ! Presque trop facile ! Deux jours plus tôt, il était retourné avec Géraldine au Jardin de Rochebelle. Scénario habituel. La journaliste avait garé sa voiture dans la cour, à côté du Kangoo. Elle s'était rendue jusqu'à l'étal de fruits et légumes pour acheter quelques tomates. Pendant ce temps, Gratiol s'était glissé hors de la Citroën C3, avait rejoint le Kangoo et placé discrètement le traceur aimanté sur une partie métallique du passage de roue.

Depuis quarante-huit heures, le détective suivait toutes les allées et venues de la fourgonnette sur son smartphone, carte routière à l'appui quand il était chez lui. Rien d'exceptionnel jusqu'à ce jour. Des trajets sur la route d'Alès avec des stationnements prolongés au Jardin de Rochebelle. Quoi de plus normal ? En revanche, les déplacements nocturnes montpelliérains, avec de nombreux arrêts, sans doute pour repérer de nouvelles cibles, semblaient valider la piste des enlèvements de jeunes SDF. Le Kangoo s'était aussi rendu deux matins de suite au laboratoire Restilab d'Alès. Ces dernières localisations confortaient Gratiol dans ses intuitions.

Et pour finir, le stationnement du Kangoo à deux pas de chez lui était à la fois intéressant et préoccupant. Pas besoin d'avoir été flic pour deviner qu'il était dans le collimateur de quelqu'un. Qui ? Il ne voyait que Rose Larcher, la directrice du laboratoire. Sa visite de l'autre jour avait dérangé. Après tout, n'était-ce pas ce qu'il cherchait ?

Ce matin-là, Gratiol avait sorti son Sig-Sauer de sa cachette et le gardait en permanence avec lui. Dans les cas de force majeure, il s'affranchissait sans états d'âme de l'absence d'autorisation de port d'armes.

Le détective s'apprêtait à appeler Géraldine pour connaître le résultat de l'interview du docteur Chatarian. Il s'étonnait d'ailleurs de ne pas encore avoir reçu de coup de fil de sa part. Soudain, une fâcheuse intuition lui traversa l'esprit. Il reprit son smartphone et étudia en détail l'historique des parcours du Kangoo. Il repéra alors un déplacement inquiétant au cours de la nuit précédente.

La fourgonnette avait rôdé dans le quartier où résidait la journaliste et avait stationné vers une heure du matin dans une rue proche de chez elle. Repérage comme pour lui, sans doute. À moins que…

La prévenir tout de suite ! Lui dire de n'ouvrir à personne, sauf à lui !

Il composa le numéro de la journaliste.

— Merde, le répondeur ! maugréa-t-il.

Attendre la fin de l'annonce ! Que c'est long ! Et enfin parler :

— Géraldine ! N'ouvrez à personne ! Ne bougez pas de chez vous ! J'arrive.

Il courut jusqu'à sa voiture et s'installa au volant.

La vieille Ford Taunus démarra en trombe.

Il était vingt et une heures quand il s'arrêta en double file au pied de l'immeuble. Il n'eut pas la patience d'attendre l'ascenseur et gravit les escaliers quatre à quatre. Il sonna à la porte. Personne ne répondit. Inutile d'insister. Son intuition semblait se révéler exacte. « Ils » l'avaient enlevée ! Les retrouver pour retrouver Géraldine ! Et pour cela, rien de plus simple. Il suffisait de savoir où était le Kangoo.

60

Entre Montpellier et Alès

La pleine lune qui illuminait la garrigue rendait tout autre éclairage inutile. Sébastien Mardin marchait sur le sol caillouteux. Son fardeau ne semblait pas l'incommoder. Il le portait avec aisance sur l'épaule droite. Le surnom de Goliath dont ses copains l'avaient affublé dès l'adolescence était tout à fait justifié.

Le poids de son chargement ne le ralentissait pas. À peine soixante-dix kilos, une simple formalité pour lui. La matière plastique du sac l'ennuyait davantage. Celui-ci montrait une fâcheuse tendance à glisser. Goliath devait régulièrement le remonter sur son épaule.

Le géant arriva enfin à l'endroit qu'il connaissait bien. Les outils l'attendaient, posés à même le sol. Il les avait apportés au premier voyage avec la chaux.

Il déposa son chargement au milieu du thym et attrapa la pioche. Il gratta d'abord le sol avec le talon. Creuser ne le rebutait pas, mais autant choisir un emplacement sans rocher. Quand il eut trouvé l'endroit adéquat, il se mit au travail.

Lorsqu'il jugea le trou d'une taille suffisante, tant en largeur qu'en profondeur, il jeta la pelle et s'accorda une pause. Il avait le temps, le toubib ne lui avait rien demandé d'autre. Quant à ses patrons, ceux de la ferme, ils l'avaient envoyé chercher la commande de piquets à Alès en fin d'après-midi. Il avait jusqu'au lendemain matin pour rentrer.

Goliath s'assit sur une souche et alluma une cigarette. Nullement préoccupé par le risque d'embraser la garrigue en fumant, il repensait à la nuit précédente ! Pourquoi le toubib l'avait-il empêché de corriger la fille ? Lui faire payer ses brûlures aux yeux en prenant un peu de bon temps, ça changeait quoi ? Le toubib l'aurait récupérée un peu plus tard. De toute façon, Goliath était certain qu'elle crèverait elle aussi et que, pour finir, il devrait l'enterrer comme le petit jeune qu'il allait balancer au fond du trou.

Entre deux bouffées de cigarettes, une effroyable idée germa dans sa tête. Il sourit. Ce serait même sûrement plus facile. Finalement, il l'aurait cette salope. Il suffisait de se montrer patient. Une semaine au maximum. Aucune raison qu'elle survive plus longtemps que les autres.

Stimulé par ses pensées nécrophiles, Goliath décida de se remettre au travail. Il attrapa le sac et le jeta dans le trou. Puis il versa la chaux vive au-dessus. Pas besoin d'en faire davantage, la poudre attaquerait rapidement le plastique et réaliserait la décomposition attendue.

Une fois le trou rebouché, le colosse rassembla ses outils et repartit vers le Kangoo.

61

Gratiol sortit de derrière son arbre. Il avait entendu le Kangoo démarrer. Inutile de rester caché, il était désormais seul. Il avait un instant pensé neutraliser le géant fossoyeur, mais après réflexion, il avait préféré le laisser repartir. Avec le traceur fixé sous l'aile, il pourrait retrouver le conducteur du Kangoo n'importe où.

Pour l'instant, quelque chose préoccupait davantage le détective : le sac enterré cinq minutes plus tôt. D'après la forme, il était certain qu'il renfermait un corps. Pourvu que ce ne soit pas de celui de Géraldine !

Deux solutions s'offraient à lui : la première, prévenir la police. La plus raisonnable. En effet, elle ne l'empêchait pas de poursuivre de son côté l'enquête pour retrouver Géraldine en espérant qu'elle fût encore vivante. Pourtant quelque chose au fond de lui-même l'en dissuada. Il choisit la seconde option : continuer seul.

Gratiol se dirigea vers l'endroit où Goliath avait enterré le sac. Il enfila les gants qu'il avait toujours dans la poche, pour se protéger et surtout pour ne pas laisser d'empreintes sur ce qu'il allait trouver.

Les cailloux furent vite évacués. Les doigts

atteignirent la couche de terre puis la chaux vive. Pas question de continuer sans outils. Les gants ne résisteraient pas longtemps. Le détective partit à la recherche d'instruments improvisés. Une branche en forme de fourche et un morceau d'écorce dure firent l'affaire.

Au bout de quelques minutes, le sac apparut. Gratiol termina d'en dégager l'extrémité afin d'avoir accès à la fermeture à glissière. Il l'ouvrit.

Il ne s'était pas trompé : le sac renfermait bien un cadavre. Ouf ! Le visage cireux n'était pas celui de Géraldine. Soulagement de courte durée. Quelques secondes furent nécessaires pour reconnaître celui que Gratiol avait déjà vu sur des photos : le mort se nommait Benjamin Fontaine, le jeune homme disparu que le détective recherchait depuis un mois.

Cette découverte établissait sans conteste un lien avec le laboratoire Restilab. Une enquête s'achevait, l'autre continuait. Une seule urgence désormais : retrouver Géraldine Voltier… vivante !

62

Le portail rouillé apparut dans le faisceau des phares, indiquant la fin du chemin de terre. Le détective coupa le moteur. Il sortit de la Taunus et avança à pied jusqu'à la grille.

La silhouette d'un bâtiment se dessina dans la pénombre. Aucun éclairage à proximité. En revanche, une centaine de mètres plus à droite, le laboratoire Restilab était illuminé. Gratiol comprit qu'il se trouvait sur le site pharmaceutique face à une entrée secondaire condamnée. Pas vraiment condamnée, à en croire les ornières du chemin qui confirmait le traçage GPS ! Le Kangoo moutarde était bien passé par là.

Mais pourquoi Gratiol n'avait-il pas analysé les déplacements du véhicule dès le matin, plutôt que d'attendre la fin de la journée pour le faire ? Le retard risquait d'être lourd de conséquences.

L'utilitaire avait stationné la nuit dernière pendant une heure non loin de l'appartement de Géraldine, puis s'était rendu ici, au laboratoire Restilab, en empruntant ce chemin de terre. La journaliste était certainement retenue prisonnière dans ce bâtiment. Prisonnière… dans le meilleur des cas ! Gratiol n'osa pas envisager l'autre hypothèse.

Faire le plus vite possible ! Mais comment entrer ? Le portail était cadenassé et Gratiol n'avait pas pour habitude de se promener avec une cisaille dans sa voiture. Il inspecta le grillage de part et d'autre. Plus de deux mètres de haut et surmonté par un fil de fer barbelé en spirale comme autour des camps militaires. Il longea l'enceinte qui paraissait infranchissable pour trouver la faille. Gagné ! Il repéra un endroit où un arbre surplombait la clôture.

La pratique du sport n'était pas sa tasse de thé, pourtant le détective se fit violence. Il grimpa à l'érable qui, par chance, possédait quelques branches basses pour entamer l'escalade. Une fois en équilibre au-dessus du grillage, il glissa et manqua tomber. Son pied s'accrocha au barbelé.

Se redresser ! Impossible. Son pantalon était prisonnier des piquants. Seule solution : tenter de prendre appui sur le fil de fer du dessous, lisse celui-ci ! Bruit métallique ! Pousser vers le bas, puis rebondir et retirer la jambe !

Il réussit enfin à se libérer, au prix de nombreuses contorsions et de la mise en lambeaux du bas de son pantalon.

Il avait désormais suffisamment avancé sur la branche et franchi l'enceinte. Il ne restait plus qu'à sauter sans se casser une cheville et surtout ne pas réfléchir au moyen de repartir. Chaque chose en son temps ! Il s'accroupit, se suspendit par les mains et se laissa glisser. Toujours un peu de hauteur gagnée. Il desserra les doigts.

Le détective atterrit sans casse sur le sol. Il

cartographia mentalement les lieux : à droite, dans la lumière, tous les bâtiments du laboratoire, sans doute sous vidéosurveillance, donc à éviter. Devant lui, l'édifice de béton dans la pénombre. Si la nuit dernière le conducteur du Kangoo avait choisi l'accès discret par le vieux portail, c'était certainement pour atteindre directement et sans se montrer le local qui se dressait face à lui dans le noir.

Gratiol chercha une entrée au moyen de la lampe torche de son téléphone. Il repéra une porte devant lui. Il n'eut pas le temps de s'en approcher. Une forte lumière l'aveugla.

– Les mains en l'air ! cria une voix féminine.

Ébloui, il ne la voyait pas, mais il avait reconnu le léger accent créole : Rose Larcher. Que faisait la directrice du laboratoire ici à cette heure tardive et comment avait-elle été informée de sa présence ?

– Levez les mains ! répéta-t-elle.

Elle manquait d'assurance. Gratiol s'en aperçut. Rien n'était perdu. Il pivota pour lui faire face.

– Monsieur Gratiol, lança-t-elle en reconnaissant le détective. Pourquoi vous êtes-vous introduit dans mon labo ? Que cherchez-vous ?

– Qu'avez-vous fait de mademoiselle Voltier ?

Les questions réciproques restèrent sans réponse. Le faisceau de la puissante lampe torche de Rose Larcher s'abaissa. Gratiol distingua un fusil dans l'autre main.

– J'appelle la police ! annonça la directrice du laboratoire.

Quelque chose cloche, pensa le détective. *Rose Larcher*

ne peut pas tremper dans la disparition de Géraldine alors qu'elle va alerter la police. Mais autant discuter en position de force !

Gratiol n'était du genre à se servir de ses poings, mais la femme qu'il avait en face de lui venait de commettre une erreur décisive : elle avait baissé son arme pour prendre le portable dans sa poche. Ses deux mains ne pouvaient pas braquer un fusil, tenir une lampe torche et chercher un téléphone.

Gratiol se rua sur elle. Un jeu d'enfant d'attraper l'arme par le canon et la jeter le plus loin possible. Il préférait son Sig-Sauer, plus maniable. Il le sortit de sa poche et le pointa sur Rose étendue à terre.

— Ne me faites pas de mal ! cria-t-elle.

— Je n'en ai aucune intention. Relevez-vous ! Nous avons à parler.

63

Gratiol en était désormais convaincu, Rose Larcher était étrangère à la disparition de Géraldine. Comment la directrice du laboratoire l'avait-elle repéré ? Bêtement par sa faute. Rose travaillait souvent dans son bureau jusqu'à une heure tardive, comme ce soir-là. En franchissant l'enceinte, le détective avait déclenché une alarme. Rose était sortie avec le fusil de chasse qu'elle dissimulait dans son bureau, mais dont elle ne savait pas se servir.

Le détective l'avait convaincue d'attendre avant d'appeler la police. Il voulait garder les mains libres encore un moment.

— La nuit dernière, Géraldine Voltier, une journaliste de mes amies, a été enlevée et amenée dans ce bâtiment, déclara Gratiol. Il faut aller voir !

— Impossible. C'est le bâtiment C. Il est désaffecté.

— Justement. L'endroit idéal. Un Kangoo, couleur moutarde, vous connaissez ?

— Je n'en connais qu'un : celui du Jardin de Rochebelle. Il livre la cantine du labo.

— Avec un chauffeur à la carrure d'armoire à glace.

— Oui, c'est Sébastien, l'employé de la ferme.

Goliath, pour les intimes. Malgré les apparences, c'est un gentil garçon.

— Eh bien, ce « gentil garçon » est venu faire une livraison spéciale, la nuit dernière, en passant par l'entrée là-bas !

— Ça m'étonnerait. Le portail est condamné depuis des années.

— Madame Larcher, pouvez-vous me faire visiter votre bâtiment, soi-disant désaffecté ?

— Je ne vois pas à quoi ça vous avancera, mais d'accord. Donnez-moi le temps de récupérer les clés de l'autre côté !

— Je vous accompagne.

Elle montrait de la bonne volonté. La méfiance réciproque s'était estompée. Gratiol avait même rangé son arme.

Pendant l'aller-retour jusqu'à son bureau, Rose Larcher expliqua que ledit bâtiment C avait été prévu pour accueillir un laboratoire P4[1].

— Nous n'avons jamais obtenu les autorisations. Une fois terminée, la construction est restée en l'état sans le moindre aménagement.

De retour au bâtiment C, Rose rencontra quelques difficultés à déverrouiller la serrure multipoints de la lourde porte qui semblait fermée depuis longtemps. Elle continua avec insistance :

— Il y a belle lurette que personne n'a pénétré

---

[1] Laboratoire de haute dangerosité en raison des micro-organismes très toxiques qu'il abrite.

dans cette enceinte. Aucune trace d'effraction. Et je ne vois pas comment le chauffeur du Jardin de Rochebelle aurait pu se procurer la clé. Nous ne sommes que quelques-uns au labo à en posséder une.

Une fois à l'intérieur du bâtiment, elle balaya autour d'elle avec le faisceau de la lampe torche. Rien ! À part de la poussière et des toiles d'araignée.

L'endroit était resté à l'état de chantier. Des murs nus en béton brut, des coffrages encore en place, des planches un peu partout. Le détective demanda à visiter les autres pièces du bâtiment. Toutes étaient dans le même état. Aucune trace de passage récent et encore moins de Géraldine Voltier.

S'était-il trompé ? Pourtant le pistage du Kangoo… le cadavre du jeune Fontaine enterré par le soi-disant gentil livreur… Au moins ces deux points étaient des éléments concrets !

Incompréhensible !

Gratiol sortit son téléphone. Il avait longtemps remis cet instant à plus tard. Il commençait à le regretter. Des heures perdues peut-être fatales pour Géraldine.

Après plusieurs minutes, Gratiol raccrocha. Jusqu'au dernier moment, il avait dû faire preuve de beaucoup de persuasion auprès de son interlocuteur du 17 afin d'être pris au sérieux. Faute d'éléments concrets pour étayer la disparition de Géraldine et le risque qu'elle courait pour sa vie, le détective raconta la découverte du cadavre de Benjamin Fontaine enterré dans la garrigue. Aucune urgence sur ce dernier point, il était désormais trop tard pour le jeune homme, mais au moins Gratiol réussit-il à obtenir le déplacement d'une patrouille jusqu'au laboratoire pour s'expliquer.

Impossible d'attendre sans continuer de chercher Géraldine, mais où ? La piste conduisait à cet édifice vide et inutilisé. L'impasse !

Gratiol et Rose Larcher quittèrent le bâtiment C et gagnèrent le bureau de la directrice pour attendre la gendarmerie. Le détective avait la mine défaite. Il ne savait plus où chercher Géraldine.

64

Malgré son installation confortable dans le large fauteuil en cuir et l'aimable proposition pour un second café, Erna se sentait prisonnière dans cette luxueuse villa de Pacific Heights.

Moustache et Balafré ne la lâchaient pas d'une semelle depuis que Brandon la leur avait livrée, la veille, en plein océan. Faute de connaître leurs noms, la jeune femme les avait baptisés ainsi, l'un à cause des grosses bacchantes qui ornaient le dessous de son nez et l'autre en raison de la large balafre qui lui traversait la joue. Côté vestimentaire, avec leur costume-cravate, on les aurait cru invités à une cérémonie.

Erna comprenait désormais parfaitement ce qu'on attendait d'elle. Son transfert depuis le *Kundu* jusqu'à San Francisco avait ressemblé à un voyage de VIP. Yacht, hélicoptère, jet privé et limousine : son témoignage devait valoir cher. Mais quel témoignage ? Elle ne se souvenait de rien ! À son arrivée dans la villa de Pacific Heights, elle avait été conduite dans une chambre digne d'un hôtel de luxe. Sur le lit, des vêtements neufs à sa taille.

Malgré le matelas très confortable, elle avait

dormi d'un sommeil agité. Vincent et Brandon avaient occupé son esprit. L'un en bien, l'autre en mal.

Le petit déjeuner terminé, Moustache installa Erna au salon.

Il lança une vidéo sur la télévision murale. La soirée du 29 juin ! On voyait Nancy se piquer à l'héroïne. Quelques séquences plus tard, elle s'amusait avec un pistolet et faisait semblant de tirer. Après un écran noir, on entendait une détonation, puis la vidéo montrait le petit copain de Nancy étendu sur la moquette, la chemise tachée de sang. Il était mort.

— C'est ce que tu as vu et que tu raconteras au juge cet après-midi, annonça Moustache à Erna.

— Mais, je n'ai rien vu du tout. Et je n'ai aucun souvenir de cette soirée. En plus, qui vous dit que ce n'est pas un montage ? On la voit jouer avec le flingue, mais pas en train de tirer sur le type.

— Personne te demande de mener l'enquête, répliqua Moustache d'un ton plus dur. Mais puisque tu as des réticences à témoigner comme on te le dit, je vais te montrer la seconde version.

L'homme manipula la télécommande pour choisir une nouvelle vidéo. D'autres images de la soirée défilèrent, avec un enchaînement différent.

— Vous vous êtes tous amusés comme des gosses avec le Beretta, lança le Balafré en s'asseyant sur l'accoudoir du fauteuil.

En effet, l'arme circulait de main en main. Chacun simulait un tir après l'avoir ajusté sur un participant.

Bizarrement, Brandon n'apparaissait jamais sur les images. À la fin de la séquence, Moustache mit sur pause.

– À partir de maintenant, voici l'autre version qu'on pourrait transmettre au juge.

Il appuya sur la touche lecture. La vidéo commençait en montrant Erna vautrée sur un canapé. Elle tenait une bouteille de gin par le goulot. Puis la caméra cadra en gros plan son visage qui ne dissimulait rien de son état d'ébriété.

J'étais saoule, voilà pourquoi je ne me souviens de rien. Mais la bouteille de gin… oui maintenant ça me revient. Ils m'ont poussée à la finir.

Elle observa la suite avec attention. La caméra redescendit. Un garrot lui serrait le bras droit et quelqu'un lui plantait une seringue à l'intérieur du coude.

Hallucinant ! Sa première prise d'héroïne, bien malgré elle ! L'alcool, la came et peut-être autre chose. Elle comprenait enfin son amnésie et le reste… Elle s'était enfuie ou « on » l'avait fait s'enfuir. Les premiers flics étaient sans doute de bonne foi.

La vidéo se poursuivit. Les mêmes images qu'avec Nancy, mais dans cette séquence, c'était elle, Erna, qui tenait le Beretta et visait la victime. Suivait un bref écran noir accompagné d'une détonation. Puis la même image du petit copain de Nancy, mort, avec la chemise tachée de sang.

– C'est n'importe quoi, réagit Erna. J'ai pas tué ce type.

– J'en sais rien, rétorqua Moustache. Mais avec cette vidéo et un témoin plus coopérant que toi, le juge risque de pas en être aussi sûr. Surtout si tu te souviens de rien.

Elle était abattue. Elle avait compris. Moustache n'avait rien à ajouter. Pourtant, pour s'assurer de la collaboration définitive d'Erna, il fit un petit signe à son comparse. Ce dernier, resté assis sur l'accoudoir du fauteuil, sortit une arme de sa poche, l'approcha de la jeune femme et lui appuya le canon sous la mâchoire. Surprise et terrorisée, Erna se figea. Moustache reprit la parole :

– Tu n'as rien à craindre, toi. C'est juste pour que tu comprennes ce qu'un certain Vincent Froment ressentira avant que mon copain lui éclate la tête. Remarque, il aura une belle tombe sur son île. Tout ça, seulement dans le cas où tu ferais le mauvais choix, naturellement ! Alors tu prends quelle version ?

Inutile de le lui demander. Bien sûr qu'elle témoignerait avoir vu la nièce du président tuer son petit ami ! Un parjure ? Et alors ? Elle était prête à tout pour sauver Vincent.

– Je témoignerai que j'ai vu Nancy tirer, répondit-elle. Mais vous êtes sûr que le juge me croira ? Je suis une prisonnière évadée, vous le savez. Je suis recherchée.

– Tu ne l'es plus. Ni à Manus ni aux États-Unis. Ton dossier de délinquante a été effacé. Tu es une honnête citoyenne franco-monégasque.

Le visage d'Erna se détendit. Elle demanda une autre confirmation :

– Vous ne ferez pas de mal à Vincent ?

– Dans cette version-là, non. Nous avons même la consigne de te renvoyer retrouver ton robinson après ton audition chez le juge.

Cette fois, Erna afficha un sourire radieux. Moustache était satisfait.

– Maintenant, poursuivit-il, je vais te repasser la première vidéo et tu vas bien retenir ce que tu dois dire au juge cet après-midi.

Elle acquiesça, pleine de bonne volonté.

65

Laboratoire Restilab, Alès – mercredi 16 août

Il était dix heures. Gratiol venait d'arriver dans le bureau de Rose Larcher. Après un sommeil entrecoupé par les réflexions, il était certain que le bâtiment C était une des clés pour retrouver Géraldine. Une conclusion confirmée par le traceur GPS : depuis deux jours, le Kangoo n'avait effectué aucun nouveau déplacement suspect et restait garé à la ferme depuis la veille.

Inutile de compter sur les gendarmes pour l'aider. La nuit dernière, ceux-ci avaient visité l'édifice en chantier et l'avaient vite délaissé. Pour eux, le bâtiment n'avait rien de suspect et la disparition inquiétante de Géraldine Voltier était une simple hypothèse qui restait à valider. Ils avaient préféré se rendre sur les lieux où était enterré le cadavre de Benjamin Fontaine selon les indications du détective.

Pour le reste, comme il l'avait imaginé, faute d'éléments concrets, Gratiol ne pouvait compter que sur lui-même pour retrouver Géraldine. Même Rose n'était pas convaincue de poursuivre les investigations autour du bâtiment C. Malgré sa charge de travail, la directrice du laboratoire avait cependant accepté de recevoir une nouvelle fois le détective quand celui-ci lui avait téléphoné en début de matinée. Elle avait une autre idée en tête : en connaître davantage sur la femme qui était avec Vincent Froment. Mais pour l'instant, c'était Gratiol qui avait entamé le dialogue :

– Avez-vous retrouvé les plans du bâtiment C ?

– Vous avez de la chance, mon assistante est une ancienne de Restilab. Elle connaît les archives comme sa poche. Après votre coup de fil, je lui ai demandé de les chercher. Elle a réussi à mettre la main dessus. Les voici !

Elle montra les documents étalés sur la table de travail. Il y avait le traditionnel plan de sol, mais aussi une vue en coupe. Ce dernier croquis interpella Gratiol.

– Il y a un sous-sol ?

– Oui, répondit Rose. Des locaux techniques indispensables dans un labo P4. Outre la chaufferie, on se doit de posséder des groupes électrogènes, une chambre de stérilisation des eaux usées, divers appareils et citernes. Ce serait trop long à vous expliquer.

Gratiol ne se reconnaissait pas. Lui, habituellement si réfléchi, si rigoureux, la nuit dernière, il n'avait même pas envisagé l'existence d'un sous-sol. Cet oubli ne lui ressemblait pas. Pourquoi s'était-il contenté de fouiller le rez-de-chaussée ? Pourquoi avait-il été incapable de faire preuve de plus d'imagination ? Rose l'avait-elle endormi, manipulé ? Pourtant, il se sentait maître de ses actes. Incompréhensible !

Il fallait réparer au plus vite cette étourderie :

– Vous êtes-vous déjà rendu dans le sous-sol du bâtiment C ?

– Non, jamais.

– Alors je vous propose d'aller le visiter ensemble.

– Vous risquez encore d'être déçu. Ce n'est qu'un dédale de béton armé comme le reste.

Pendant un instant, Gratiol craignit un refus. Heureusement, il n'en fut rien. Elle poursuivit :

– Vous pourrez constater par vous-même. Je prends les clés et la lampe.

Rose profita du court trajet pour questionner le détective au sujet de Vincent Froment. En manque d'informations, Gratiol s'en tira par quelques pirouettes qui laissèrent Rose Larcher sur sa faim.

Ils arrivèrent au bâtiment C, aussi austère de jour que de nuit.

– Pour raison de sécurité, commenta Rose, le niveau moins un n'est accessible que par l'ascenseur intérieur, mais il n'a jamais été installé.

Elle compléta immédiatement :

– Il existe tout de même une issue de secours. Nous allons passer par là.

Au fond de lui-même, Gratiol reprenait espoir de retrouver Géraldine.

Ils contournèrent l'édifice. Une rampe bétonnée descendait sous la construction. Au bout, une porte métallique. Rose sortit son trousseau.

– Une chance que les portes soient toujours équipées des serrures de chantier. Avec un P4 en fonction, nous ne pourrions pas entrer aussi facilement.

Elle s'interrompit et éclaira la serrure au moyen de la lampe. La lumière lui confirma que la clé était bien enfoncée. Pourtant, impossible de la tourner.

— Je ne comprends pas. Je n'arrive pas à ouvrir.

Gratiol, lui, avait compris. La serrure avait été changée.

— Il n'y a pas d'autre issue ? demanda-t-il.

— Non, aucune, je vous l'ai déjà dit. À part l'ascenseur, mais la cage est murée.

— On remonte !

Il l'entraîna au niveau zéro. Elle ouvrit la porte aussi facilement que la nuit précédente. Des planches fixées au mur condamnaient l'accès à la cage d'ascenseur.

Ils retournèrent chercher quelques outils.

Un burin en guise de pied de biche et les planches ne résistèrent pas. Elles tombèrent les unes après les autres. Sans surprise, un trou béant apparut devant les deux visiteurs.

Heureusement, une échelle de secours était déjà installée.

— Donnez-moi votre lampe et attendez-moi ici ! dit Gratiol.

— Non. Je descends avec vous !

Deux minutes plus tard et cinq mètres plus bas, les deux explorateurs découvraient le sous-sol du bâtiment C. Ils quittèrent la cage d'ascenseur et arrivèrent dans une sorte de sas. Prudent, Gratiol sortit le Sig-Sauer de sa poche avant de pousser la porte devant lui.

Soudain une intense lumière déchira l'obscurité. Un détecteur venait de déclencher l'éclairage du grand couloir devant eux.

– Je ne comprends pas, s'étonna Rose. Il ne devrait pas y avoir d'électricité.

Ils avancèrent. Six portes donnaient sur le couloir. L'arme au poing, Gratiol les ouvrit brutalement l'une après l'autre. Il espérait autant découvrir Géraldine qu'il craignait un face-à-face avec les ravisseurs. À l'évidence, il n'y avait personne. Le danger écarté, le détective et Rose Larcher entreprirent une exploration minutieuse des lieux.

Gratiol avait l'impression d'être entré dans un hôpital. Les trois premières pièces étaient des chambres équipées de lits médicalisés, tous munis de grosses sangles blanches. Dans la troisième, un appareil émettait des bips en continu. Les portes suivantes s'ouvraient sur deux salles abritant une multitude d'instruments dont le détective ignorait les fonctions. Et pour finir, un bureau avec des ordinateurs.

Un sous-sol transformé en clinique, pensa Gratiol.

Rose Larcher rompit le silence :

– Ça alors… Je n'aurais jamais cru que… ici…

– Hier encore il y avait du monde, renchérit Gratiol. J'en suis persuadé. D'après vous, qu'est-ce que c'est ? Une clinique secrète ?

– Non. Un labo clandestin !

Elle examinait les appareils des deux plus grandes pièces. Elle connaissait ces modèles utilisés par les chercheurs. Ils coûtaient une fortune. Elle retourna dans la troisième chambre et pressa quelques boutons sur le moniteur qui bipait. Le silence revint. Après quelques manipulations, des informations s'affichèrent sur le petit écran de contrôle.

— Le moniteur a été débranché à cinq heures ce matin, commenta-t-elle.

Gratiol observa les sangles pendantes :

— Géraldine était attachée sur ce lit cette nuit pendant que nous visitions l'étage du dessus, j'en suis certain. Bon sang ! Pourquoi n'ai-je pas eu l'idée ? Si seulement nous étions descendus…

— Ne vous en voulez pas ! Moi aussi, j'aurais pu y penser.

— Qu'ont-ils fait subir à Géraldine ? renchérit Gratiol. Expérimentation médicale ?

— Je l'ignore, mais au vu de l'équipement, je crains fort que votre hypothèse soit exacte.

L'image de Vincent Froment s'imposa immédiatement dans l'esprit de Rose Larcher. Non c'était impossible !

Le détective reconstitua ce qui avait dû se passer :

— Ils nous ont certainement entendus pénétrer à l'étage au-dessus cette nuit. Ils ont dû penser à juste titre que nous finirions par les trouver au sous-sol. Après notre départ, ils ont organisé une évacuation en règle.

Chacun réfléchit de son côté. Rose Larcher sur la découverte d'installations clandestines dans une enceinte qu'elle dirigeait. Gratiol sur le devenir de

Géraldine. Où chercher maintenant ? Le Kangoo ? Faute de mieux, il ne pouvait que s'accrocher à cette piste. Peut-être trouverait-il un indice dans la fourgonnette.

Se rendre au Jardin de Rochebelle et fouiller l'utilitaire ! En profiter aussi pour retirer le traceur GPS, histoire de ne pas être inquiété si les gendarmes le découvraient.

66

Entre Montpellier et Alès

Au volant de l'Expert, agacé par les ordres reçus, Goliath ressassait les derniers évènements en cherchant à comprendre. Il avait dû abandonner son Kangoo pour ce nouvel utilitaire. Un Peugeot, en plus. Il n'aimait pas la marque. Le Kangoo avait soi-disant été repéré. N'importe quoi ! Autre sujet de mécontentement, le toubib lui avait interdit de retourner à la ferme ! Il en avait de bonnes le toubib ! Et son boulot ? Il allait se faire virer, c'était évident. Bon d'accord, il lui avait filé du fric. Mais le mois prochain, qui le payerait ?

Sur les hauteurs d'une colline, le Peugeot Expert quitta la départementale pour un chemin à peine carrossable. Dix minutes de secousses pour arriver enfin à l'ancienne bergerie, une ruine dont seule une aile possédait encore un toit. Goliath devait s'y installer et attendre la venue du toubib. Ensuite il enterrerait la fille comme il l'avait fait pour ceux d'avant. Mais pourquoi pas tout de suite ? Il l'ignorait. Il pouvait seulement commencer à creuser le trou pour gagner du temps.

Goliath bougonnait parce qu'il ne comprenait rien à la situation, et puis ça le retardait pour profiter du cadavre de la fille. Il en rêvait depuis qu'elle lui avait envoyé le gaz lacrymogène à la figure. Il l'aurait préférée vivante, bien sûr, pour la voir se débattre. Mais la prendre morte était toujours mieux que rien.

Le géant gara le fourgon au plus près de la bergerie. Il fit un premier voyage avec la chaux, puis un second pour apporter son sac et la glacière. Il fallait bien manger !

Il déposa son attirail et se dirigea vers la trappe au milieu de la pièce. Il la souleva et glissa la tête par l'ouverture. Le noir. Goliath se releva et partit chercher la lampe à gaz. Il éclaira l'escalier de meunier qui menait à la cave sous la bergerie. Il sentit la fraîcheur. Tant mieux, le froid ça conserve !

Plus qu'à retourner récupérer la fille.

Il la sortit du fourgon. Elle était mieux emballée que les autres. Il l'avait déjà remarqué en la chargeant. Pourquoi était-elle vêtue de cette espèce de combinaison de cosmonaute ? Risque de contagion, avait dit le toubib. Les précédents cadavres étaient simplement enveloppés dans un sac mortuaire. Alors, ils n'étaient pas contagieux, eux ?

Tout en portant le cadavre sur l'épaule pour l'emmener jusqu'à la cave, Goliath espérait ne pas rencontrer trop de difficultés, le moment venu, pour sortir la fille de son emballage. Rien à foutre des recommandations du toubib de ne pas ouvrir la combinaison. Pour ce qu'il voulait faire, il serait bien obligé.

Il devait patienter… jusqu'à midi, lui avait déclaré le toubib. Il passerait pour vérifier quelque chose avec la fille. Trop compliqué pour Goliath, tout ça !

Une bonne cigarette pour se détendre en attendant. Il avait fumé la dernière du paquet tout à l'heure. Pas grave, il gardait toujours une cartouche entamée dans le vide-poches du Kangoo.

Goliath sortit de la bergerie. En apercevant l'Expert, il jura tout haut :

– Et merde !

Il n'avait pas pensé à prendre les clopes dans le Kangoo ! Tout ça par la faute du toubib qui lui avait fait changer sa camionnette pour ce putain de fourgon. Alors là, c'était un cas de force majeur. Un aller-retour discret pour récupérer les cigarettes. Personne n'en saurait rien ! Il serait de retour avant l'arrivée du toubib.

67

Golf de Pebble Beach (Californie)

Dawson était un habitué de ce lieu pour golfeurs fortunés. Il avait terminé son parcours et se sentait en pleine forme. Tout se passait comme prévu. Erna Demol avait été récupérée sur l'île du fou et ramenée à San Francisco. Elle avait témoigné à charge contre la nièce de l'hôte de la Maison-Blanche. Selon un plan très bien orchestré, les médias allaient désormais révéler toute l'histoire. Le scandale qui suivrait ébranlerait le parti du président. Le sénateur soldait les comptes et reprenait l'avantage sur le terrain politique.

Dawson maîtrisait la situation dans les moindres détails. Habituellement, dans ce genre d'affaires, le témoin a interdiction de quitter l'état pour rester à la disposition de la justice. Pourtant, grâce aux relations qu'il entretenait avec le gouverneur de Californie, le sénateur avait fait lever cette contrainte et ses hommes avaient pu récupérer et emmener Erna juste après son audition.

Dawson repensa alors à Brandon. Il avait bien travaillé. Un bon rabatteur, ce garçon ! Il avait facilement trouvé la fille qui répondait aux critères.

Sans trop de relations, à la fois solide et malléable pour être capable de résister à l'incarcération à Kali et déposer un témoignage sur mesure auprès d'un juge californien si nécessaire. Dawson avait laissé carte blanche à Brandon pour la choisir et la séduire. L'important était que la fille sélectionnée participe le plus naturellement possible à une soirée junkie avec la nièce du président, avant que le capitaine Smith ne prenne le relais pour l'envoyer secrètement à la prison de Kali. Une cachette idéale pour garder la fille au chaud et faire chanter le parti du président.

Après ce sans-faute, le sénateur avait choisi de confier à Brandon une nouvelle mission qui conclurait proprement cette histoire. Il aurait aussi aimé le rencontrer pour le féliciter en personne. Mais sécurité oblige : Brandon devait ignorer pour qui il travaillait.

Dawson se rendit au Lodge pour se changer après une bonne douche.

Vêtu d'un élégant blazer, il repassa par l'imposant hall et s'adressa au jeune réceptionniste :

— Johnny ! Madame Marengo est-elle arrivée ?

— Oui monsieur, il y a une heure environ. Conformément à vos instructions, je lui ai demandé de vous attendre dans votre suite.

Elle patientera une demi-heure de plus, calcula Dawson. Sa maîtresse n'était pas la priorité du moment. Il y avait encore un autre dossier à traiter.

Il sortit de sa poche un billet de cinquante dollars

qu'il glissa dans la main du réceptionniste. Il savait toujours se garantir la fidélité des pions qu'il disposait partout où il passait.

Johnny travaillait au Lodge depuis deux ans. Discret mais très observateur, il connaissait les habitudes des clients. Il ne comptait plus tous ceux qui se trouvaient dans la situation d'Andrew Dawson. Il connaissait aussi par cœur le scénario à faire bondir n'importe quelle féministe. La maîtresse arrivait discrètement et patientait dans la chambre pendant que l'amant s'adonnait à sa partie de golf. La durée du parcours était variable. Madame devait attendre le bon vouloir de monsieur qui viendrait goûter au repos du guerrier, une fois terminée la bataille sur le green.

Le réceptionniste observa le sénateur Dawson ressortir du Lodge au lieu de prendre l'ascenseur.

Elle devra encore faire preuve de patience aujourd'hui, pensa Johnny.

Le sénateur rejoignit à pied sa limousine et s'installa à l'arrière. James Gardner l'attendait. Pour la seconde fois de la semaine, Dawson avait convoqué le directeur général de Restilab, dans sa voiture afin d'être sûr qu'aucun micro espion ne relaierait leur conversation.

— Alors, on a avancé ? demanda Dawson sans autre entrée en matière.

— Côté américain, le bacille est définitivement prêt. C'est du côté français que ça traîne un peu.

— Pourquoi ?

— Des problèmes pour stabiliser le vaccin. Il est

trop fort et tue par blocage pulmonaire. Mais Ishii est confiant. Il affirme que ce n'est plus qu'une question de jours. Il a pu aussi s'assurer que le bacille résistait aux antibiotiques. La seule issue pour vaincre cette nouvelle forme de peste bubonique sera notre vaccin.

— OK ! Dites à Ishii d'activer ses travaux ! Je veux du concret. Et où en est-on avec les fouille-merdes ?

— En cours de neutralisation. On a enlevé la journaliste et…

Dawson l'interrompit :

— Je n'ai pas besoin de détails. Seul le résultat m'intéresse.

— Bien monsieur !

— Restez cinq minutes dans ma voiture pour que personne ne nous voie ensemble ! lança Dawson en ouvrant la portière.

Il réfléchissait déjà à la suite du programme de la journée. Elle devait l'attendre avec impatience. Lui était plus réservé. Il commençait à s'en lasser malgré leurs points communs. Elle aimait l'argent, comme lui. Elle était intelligente, comme lui, machiavélique, comme lui… Sans doute lui ressemblait-elle trop !

Elle lui avait été d'une grande utilité, deux ans auparavant. Mais aujourd'hui, il n'avait plus besoin d'elle. Certainement une des raisons de sa lassitude !

68

Par fébrilité, elle triturait la créole de son oreille gauche. Attendre son amant commençait à l'agacer. Depuis quelque temps, les interrogations revenaient sans cesse. Elle avait longtemps rêvé de changer de vie. L'occasion s'était présentée trois ans plus tôt au congrès médical de San Francisco. Il l'avait séduite, elle avait succombé. Pourquoi ? Il avait pourtant vingt ans de plus qu'elle, mais il était riche, intelligent et plein d'ambition. La relation avait perduré.

Le sénateur lui avait appris qu'à travers plusieurs holdings, il possédait Restilab, le concurrent en France du laboratoire Froment.

Lequel des deux avait eu le premier l'idée du plan machiavélique ? Elle ne s'en souvenait pas.

Un projet diabolique qui permettrait à Restilab d'absorber le laboratoire Froment, et à elle, de refaire sa vie avec son amant aux États-Unis. Exit son mari ! Un mari pourtant plein d'attention, mais dont elle s'était lassée au bout de trente ans de mariage.

Andrew Dawson avait envisagé la disparition physique du conjoint embarrassant, mais elle avait refusé par compassion pour son époux. C'est ainsi qu'elle avait fait promettre à son amant de trouver une solution qui laisse Vincent en vie.

Dans le patrimoine de Dawson figurait un îlot perdu dans le Pacifique Sud, au large de la Papouasie-Nouvelle-Guinée…

Le plan avait fonctionné à merveille. La falsification des vaccins expérimentaux. Sa fausse vaccination au Tchad avec du sérum physiologique. La substitution du cadavre de la prostituée à Doba. Même le docteur Chatarian s'était laissé berner.

Vincent Froment éploré par le décès de son épouse et poursuivi par la justice avait « par hasard » retrouvé l'offre de location d'une île déserte à l'autre bout du monde. Il était parti secrètement s'y installer en ermite. Il avait informé Rose Larcher de cet exil, au nom de leur amitié. Naturellement, l'ancienne associée n'avait jamais révélé à la police la destination de son patron en fuite.

Depuis deux ans, celle qui avait pris l'identité de Véronique Marengo se rendait régulièrement en Californie.

Elle avait idéalisé cette nouvelle vie. Pourtant, au fil des mois, elle commençait à regretter son ancienne existence.

Se morfondant dans cette chambre d'hôtel, elle réalisait un peu tardivement qu'elle n'était qu'un objet pour Andrew Dawson. Les sentiments du milliardaire à son égard avaient-ils vraiment existé un jour ? Désormais elle en doutait. L'homme s'était seulement servi d'elle quand il en avait eu besoin. Finie la séduction des débuts !

Aujourd'hui, elle regardait crûment la réalité en face : elle n'était plus qu'une maîtresse à baiser après une partie de golf !

Marianne Froment se leva, quitta le lit et se rhabilla. Elle sortit tous ses vêtements de la penderie et les rangea dans la valise.

Guidée par son intuition, elle avait acheté six mois plus tôt une maison dans le riche quartier de Sherman Oaks à Los Angeles. Le moment était venu de s'y installer définitivement.

Elle prit le téléphone et composa le numéro de la réception :

— Je voudrais que vous veniez chercher mes bagages et m'appeliez un taxi.

69

Gratiol ne fut pas surpris de voir la Clio bleue de la gendarmerie stationnée devant l'entrée du Jardin de Rochebelle. Fouiller le Kangoo serait difficile. La Taunus pénétra dans la cour et se gara au plus près de l'utilitaire de couleur moutarde.

Non loin de l'étal de légumes, le major, accompagné de son adjudant, un carnet à la main, interrogeait le maraîcher. Par chance, les deux gendarmes n'étaient pas ceux venus la nuit précédente au laboratoire Restilab. En conséquence, le détective décida de jouer les clients sans se dissimuler. Trois personnes devant lui. Et la vendeuse n'était pas un modèle de rapidité. Il s'en réjouit. En attendant son tour, il chercha à deviner le dialogue engagé à l'écart. Il était sûr que la conversation portait sur Sébastien Mardin, l'employé de la ferme qui n'était certainement pas venu travailler ce matin. Malheureusement, impossible de comprendre les paroles échangées à cause de l'éloignement. Par ses gestes, le patron semblait toutefois avouer sa stupéfaction en écoutant les propos des militaires.

Voyant qu'ils attiraient les regards des clients, les gendarmes demandèrent à leur interlocuteur de poursuivre la discussion à l'intérieur de la ferme.

260

Gratiol allait enfin pouvoir opérer. Une fois servi, il regagna sa Taunus et déposa les tomates dans le coffre. Il observa le point de vente. Personne ne faisait attention à lui. Il ouvrit une portière de sa voiture pour se dissimuler davantage.

Récupérer le traceur GPS sous l'aile du Kangoo se révéla une simple formalité. Puis le détective entrouvrit discrètement la porte arrière de la fourgonnette. Il ignorait ce qu'il cherchait, mais il imaginait trouver un indice qui le mettrait sur une piste : un objet, un bout de papier, un morceau de tissu… Hélas, les espaces de chargement et de rangement avaient été complètement vidés et le plateau balayé.

Au volant de l'Expert, Goliath approchait du Jardin de Rochebelle. Il décida de passer devant la ferme sans ralentir pour s'assurer de l'absence de risque, puis de s'arrêter sur le bord de la route un peu plus loin. Ensuite, il reviendrait à pied par les champs et se glisserait discrètement derrière le hangar pour rejoindre son Kangoo et récupérer ces sacrées clopes !

Fier de son plan, Goliath dut pourtant y renoncer.

– Merde, les flics ! maugréa-t-il.

Il venait d'apercevoir la Clio bleue garée devant la ferme. Il bougonna et pesta contre le toubib. Il fit demi-tour deux cents mètres plus loin pour retourner à la bergerie. Il devrait se passer de cigarettes !

Il n'était pas au bout de ses déconvenues. À son retour, le toubib l'attendait. Arrivé en avance, il affichait son mécontentement.

— D'où viens-tu ? lui lança Ishii

— J'avais plus d'clopes.

Inutile d'entrer dans les détails.

— Je t'avais dit de ne pas bouger d'ici. Où as-tu mis la fille ? Je veux la voir.

— Au frais, dans la cave. Suivez-moi !

70

Vincent avait écumé tous les bars de la ville pour glaner des renseignements. À Lorengau, le *Kundu* n'était jamais rentré au port et personne n'avait vu de Française s'appelant Erna, ni d'Américain nommé Brandon.

Vincent retourna jusqu'au quai où était amarré son bateau. Inutile de rester une nouvelle nuit à Lorengau, il fallait repartir pour Wagatu. Il était désormais certain qu'Erna n'était pas passée par Lorengau deux jours plus tôt. À quoi bon avoir réussi à réparer le moteur du *Tamarua* et à prendre la mer pour arriver jusque-là si Erna restait introuvable ? Il devait se résigner : il repartirait seul. Avec une radio VHF neuve. Consolation dérisoire !

Un dernier tour sur les quais jusqu'à l'anneau où Moérii avait l'habitude d'amarrer le *Kundu* avec le secret et ridicule espoir de trouver l'embarcation. Absurde. Il s'y était déjà rendu par trois fois.

L'emplacement du *Kundu* était toujours vide. Il fallait accepter la réalité.

Il fit demi-tour et repartit en direction du *Tamarua*, la mort dans l'âme. Soudain, il entendit un appel derrière lui :

263

– Vincent ! Vincent !

Il se retourna et aperçut Erna.

Elle courait vers lui. Il crut qu'il rêvait.

Elle se jeta dans ses bras.

Trois jours, séparés. Une impression d'insupportable éternité.

Il la serra contre lui. Il renonça à lutter quand il sentit les lèvres de la jeune femme se coller aux siennes. Il se laissa porter par le bonheur de l'avoir retrouvée.

Plusieurs minutes s'écoulèrent avant que l'étreinte ne se relâche.

– Il y a encore cinq minutes, je cherchais un bateau pour m'emmener à Wagatu, avoua Erna.

– J'en ai un. Et cette fois, pas besoin de monter clandestinement à bord. Embarquement immédiat si l'on veut arriver sur « notre » île avant la nuit !

Une demi-heure plus tard, le *Tamarua* quittait la baie de Los Negros.

Erna était rayonnante. Elle était libre. Désormais totalement désintoxiquée, elle respirait la santé. Le sevrage à la dure avait été efficace. Elle ne sut jamais que la préparation que Vincent lui avait fait avaler deux fois par jour n'était que de l'eau sucrée.

Sur le quai, Brandon se tenait debout face à la mer et observait le *Tamarua* s'éloigner. Il regarda sa montre. Une heure, ce serait pour dans une heure !

Sa dernière mission était terminée. Demain, il rentrerait en Californie.

Pendant ce temps, à San Francisco, Dawson venait de constater le départ de sa maîtresse. Ça simplifiait les choses. Il se considérait désormais libéré de la promesse faite deux ans plus tôt. Il n'aurait aucune explication à fournir sur ce qui allait se produire au large de l'île de Manus.

71

La lampe à gaz au bout de la main droite, Goliath avait précédé le docteur Ishii par l'escalier de meunier qui conduisait à la cave. Le médecin était descendu avec une mallette qu'il ouvrit pour en sortir un tensiomètre. Il s'approcha de son cobaye enveloppé dans sa combinaison médicale et lui passa l'instrument de mesure autour du bras. Il pressa la poire pour contrôler la tension. À la lecture des indications fournies par l'appareil, Ishii laissa échapper un cri de victoire.

— La morte, elle est vivante ? ne put s'empêcher de demander Goliath.

Le médecin ne répondit qu'après avoir vérifié le pouls.

— Oui, elle est bien vivante. J'ai réussi. En voilà enfin une qui a supporté le vaccin et a survécu !

Il aurait préféré un auditoire plus réceptif pour continuer ses explications : grâce à son vaccin cette femme était immunisée contre le bacille Yersinia pestis V2. Il avait eu besoin d'attendre vingt-quatre heures supplémentaires pour le valider. L'évacuation du labo était une déconvenue sans importance. Bien sûr, les expériences devraient se poursuivre ailleurs sur d'autres cobayes, mais avec cette première survie, il venait de franchir une étape cruciale.

Inutile d'expliquer tout cela à Goliath, il n'aurait rien compris.

— Alors, elle est de nouveau vivante ? reprit le géant.

— Elle n'a jamais été morte. Elle dormait profondément : l'effet du sédatif ajouté aux perfusions pour laisser son organisme se concentrer sur la lutte contre le bacille.

Goliath se réjouit en silence. Il se garda bien de dévoiler les pensées qui défilaient dans sa tête.

Le médecin rangea ses instruments et les deux hommes remontèrent. Une fois la trappe refermée, Ishii donna les dernières consignes à son sbire :

— Je n'ai plus rien à faire ici. Je repars. De ton côté, tu vas l'étrangler proprement pendant qu'elle dort encore. Tu lui laisses bien sa combinaison. Ensuite, tu l'enterres pour qu'on ne la trouve pas tout de suite.

— Je retourne à la ferme après ?

— Non, tu restes ici jusqu'à demain soir !

Le temps pour moi de quitter la région, pensa Ishii. *Goliath sera arrêté dès qu'il se montrera. Il n'a pas l'air d'en être conscient. Qu'importe, demain soir, je serai loin. La police et la gendarmerie découvriront le labo, les enlèvements, les cadavres, mais ça n'a plus aucune importance. J'ai achevé mon travail.*

Son orgueil se délectait de sa réussite.

Goliath prit la pelle et la pioche et chercha un endroit où le sol n'était pas trop caillouteux. Il commença à creuser en regardant le toubib repartir.

72

Goliath s'interrompit pour souffler. Le trou lui paraissait assez profond. Plus qu'à l'agrandir un peu. Il transpirait. Il avait souhaité d'abord creuser avant de retourner à la cave accomplir son acte criminel. Le toubib était bien capable de revenir pour vérifier le travail et le surprendre. De l'endroit où il se trouvait, il distinguait parfaitement l'arrivée sur la bergerie, évitant toute éventuelle déconvenue.

Cela faisait désormais près de vingt minutes que le bruit du moteur s'était éloigné. Le toubib devait être loin maintenant. Goliath jugea qu'il ne risquait plus de revenir. Il posa ses outils et retourna à la bergerie chercher celle qu'il devait étrangler et enterrer.

De retour, il fit glisser le corps de Géraldine de son épaule jusqu'au sol et l'allongea à côté du trou. Faisant fi des recommandations, il retira la combinaison à la jeune femme. Trop pressé et impatient, il utilisa son couteau pour découper le tissu protecteur.

Belle satisfaction quand le corps tant désiré apparut dans sa blouse de patient d'hôpital, surtout lorsqu'il releva le bas du vêtement et écarta les jambes de la jeune femme.

Enfin la récompense ! Le géant se mit debout pour admirer le tableau et déboucler sa ceinture. Il constata avec plaisir que les yeux de la fille s'entrouvraient.

La fin de l'effet du sédatif, l'air frais et le remuement du transport, Géraldine sortait doucement de son état léthargique.

Elle sentit d'abord la brise lui caresser le visage. Puis soudain, elle découvrit cette tête énorme au-dessus d'elle. Les souvenirs s'entremêlèrent avec la réalité : l'horrible vision du bocal de perfusion qui disséminait l'affreux vaccin dans son organisme, et puis plus rien, elle avait dû sombrer dans un profond sommeil comme le lui avait annoncé… comment se nommait-il déjà ? Ishii, oui c'est ça, Ishii. Pourquoi avait-elle ce nom en tête, alors qu'elle ne se souvenait pas que le médecin fou se soit présenté ?

Le géant campé au-dessus d'elle lui parlait, mais elle n'entendait pas. Elle n'était pas encore assez réveillée pour comprendre ses paroles. Seule sa vision fonctionnait. Elle voyait les lèvres remuer et les grosses dents sourire.

Goliath constata, lui aussi, qu'elle était encore un peu endormie. Trop à son goût. Il lui administra une paire de claques pour finir de la réveiller.

— On a un compte à régler tous les deux. Tu te rappelles ?

Cette fois, elle l'avait entendu. Elle poussa un cri

d'horreur en prenant conscience de la situation.

Géraldine se sentit soudain écrasée. Goliath venait de s'allonger sur elle.

73

Pourquoi le vide ? Juste au moment où il allait passer à l'acte.

Goliath n'eut pas le temps de comprendre.

Géraldine cessa de hurler quand elle sentit se relâcher les gros doigts qui lui serraient les poignets. Le géant qui venait de soulever son bassin bascula sur le côté.

Le coup avait été assené si violemment que Gratiol jugea inutile de le répéter. Il se demandait même s'il n'avait pas tué Sébastien Mardin en frappant aussi fort. Arrivant par-derrière, il avait choisi la grosse branche morte plutôt que son Sig-Sauer. Pas facile de réfléchir dans l'urgence pour éviter des complications judiciaires ultérieures.

Il s'agenouilla à côté de Géraldine et voulut la rassurer :

– C'est fini. Vous n'avez plus rien à craindre.

D'un geste pudique, le détective lui redescendit la blouse sur les cuisses.

Géraldine reconnut son visage. Elle était hagarde, mais la terreur s'estompait.

Gauchement, Gratiol s'approcha d'elle. Il ne savait pas comment s'y prendre pour la réconforter. Lui saisir la main ? La caresser ? Lui redresser la tête ? Impossible. Il faisait un blocage. Décidément, il était plus simple d'assommer un violeur que de secourir sa victime !

La lucidité changea vite de camp.

Complètement réveillée, Géraldine frissonna et reprit pied avec la réalité. Elle releva la tête. Elle observa autour d'elle, puis découvrant sa blouse de patient d'hôpital, elle se remémora les souvenirs… ou les rêves, elle n'était sûre de rien.

Pourquoi suis-je ici, en pleine nature ?

La réponse arriva, monstrueuse : il m'a inoculé la peste pendant que je dormais, c'est ce qu'il m'avait annoncé. Je vais mourir.

— Ça va ? lui demanda Gratiol.

Perdue dans ses pensées, elle l'avait presque oublié. Elle se redressa et découvrit le corps du géant inerte à côté d'elle. Tout était désormais clair dans sa tête.

— Oui, merci, ça va bien. Je vous dois une fière chandelle. Sans vous…

Elle s'interrompit, prenant pleinement conscience de ce à quoi elle venait d'échapper. Puis elle reprit :

— Comment m'avez-vous retrouvée ?

Il aurait aimé pouvoir lui fournir une belle réponse professionnelle : une enquête poussée, des réflexions pointues. Mais la réalité était plus simple : la chance. Cet heureux hasard qui se manifeste parfois quand toutes les pistes ont été explorées, quand les cogitations n'apportent plus rien, quand l'intuition et les déductions se mettent au repos.

La chance ! Gratiol en avait bénéficié en sortant du Jardin de Rochebelle au volant de sa Taunus. Au moment où il débouchait sur la route départementale, il avait laissé passer un fourgon qui roulait à faible allure. Il avait reconnu Sébastien Mardin derrière le pare-brise. L'utilitaire avait fait demi-tour un peu plus loin pour repartir d'où il venait. Le détective l'avait alors suivi. Il avait abandonné sa voiture sur le bord de la route quand le Peugeot Expert s'était engagé sur un chemin à peine carrossable. Il avait continué son périple à pied. Grand bien lui en avait pris. Il s'était en effet dissimulé derrière les taillis quand une voiture était passée dans le sens de la descente.

Arrivé au bout du chemin, il avait découvert la bergerie. Il avait sorti son arme et se dirigeait vers la maison pour surprendre le géant. Mais les hurlements de Géraldine l'avaient conduit jusqu'à la scène du viol.

Il avait réfléchi très vite. Goliath s'apprêtait à abuser de Géraldine. La grosse branche morte…

Si ça, ce n'était pas de la chance !

Soudain, Géraldine se releva brusquement et se recula de plusieurs mètres. Surpris, mais heureux de constater qu'elle avait retrouvé de l'énergie, Gratiol la questionna :
— Qu'est-ce qu'il y a ?
— N'approchez pas ! cria-t-elle en le voyant venir

vers elle.

— Pourquoi ?

— J'ai la peste ! J'ai la peste !

— Hein ? Qu'est-ce que vous racontez ?

— Ce toubib taré m'a inoculé la peste. Je risque de vous contaminer. Restez éloigné !

Elle réfléchit, puis lui dit :

— Vous avez votre téléphone ?

Il plongea la main dans sa poche par acquit de conscience avant de répondre par l'affirmative.

— Alors, appelez le SAMU ! reprit-elle avec gravité. Dites-leur que j'ai la peste ! Qu'ils viennent me chercher avec les précautions qui s'imposent !

74

Gratiol suivait la direction indiquée par les pancartes :

CHU de Montpellier
Service Bactériologie-Virologie

Il trouva enfin la chambre au bout du couloir. Les bras ballants, il n'était en effet pas du genre à apporter des fleurs, il frappa à la porte.

— Entrez ! répondit Géraldine.

Il pénétra dans la chambre.

— Bonjour Laurent. Je suis contente de vous voir.

Elle ne l'avait encore jamais appelé par son prénom.

— Et moi donc ! répondit gauchement le détective.

Elle était assise sur le lit. Elle se leva.

— Vous avez manqué mes parents de peu. Ils sortent d'ici. On s'embrasse ?

— Vous n'êtes plus contagieuse ? C'est sûr ? plaisanta-t-il pour dissimuler son trouble.

— Soyez sans crainte ! rétorqua-t-elle plus sérieusement. Je suis sortie de chambre de confinement hier et je quitte l'hôpital demain à midi.

Elle lui offrit une double bise qu'il ne put éviter. Il ne craignait pas la contagion, mais le contact physique féminin… toujours à cause de ses précédents déboires amoureux.

— Alors, vous avez des éclaircissements sur votre guérison spontanée ? lui demanda-t-il.

— Oui, le professeur Topin m'a expliqué que finalement, je n'étais pas porteur du bacille de la peste.

— Votre mystérieux toubib ne vous l'a donc pas inoculé l'autre nuit ?

— On pourrait le croire si mes analyses sanguines n'avaient pas révélé un nombre impressionnant d'anticorps dans mon organisme. Les mêmes que l'on rencontre chez les malades de la peste après plusieurs jours de développement de l'infection.

— Ce qui signifie ?

— Que tout s'est passé comme si j'avais été contaminée par la peste, mais que la maladie ne s'était pas développée parce que j'étais immunisée.

Il y eut un silence. Elle poursuivit :

— J'ai peut-être été le premier cobaye humain à faire aboutir les recherches d'un fou.

Gratiol apporta à son tour les informations qu'il avait réussi à obtenir des gendarmes :

— Vous avez bien été séquestrée dans le sous-sol du bâtiment C du laboratoire Restilab. On a retrouvé vos affaires. En revanche, à part les instruments, pas de trace de produit lié à la recherche médicale. La Scientifique procède toutefois à des analyses. Quant à votre agresseur, Sébastien Mardin l'employé de la ferme, il avait la tête dure, je l'ai seulement assommé. Mais il ne se montre pas très bavard. Il nie toute participation à votre enlèvement et à votre séquestration. Pour le reste, les gendarmes ont bien retrouvé le cadavre de Benjamin Fontaine enterré dans la garrigue, ainsi que ceux des autres jeunes gens recherchés depuis trois mois. Tous sont en cours d'autopsie. Il y a fort à parier qu'ils ont subi le même sort que vous, mais eux n'ont pas eu votre chance.

— Je n'ai donc pas rêvé. Ce fou m'a bien inoculé son vaccin puis la peste ! Et c'est confirmé par mes analyses bactériologiques ! Mais pourquoi ?

— Recherche médicale, sans doute, mais démente et criminelle. Votre toubib désaxé pourrait répondre à cette question et nous en apprendre davantage, mais il s'est évanoui dans la nature. Et ça ne sera pas facile de le retrouver. Le nom que vous avez fourni dans votre témoignage, le docteur Ishii, est inconnu de tout le monde. Aucun Ishii inscrit à l'Ordre des médecins, ni dans les effectifs de Restilab, ni dans ceux de l'ancien laboratoire Froment, ni dans les fichiers de la police. Le labo clandestin reste aussi un mystère. Personne n'en soupçonnait l'existence.

La journaliste et le détective venaient tous deux de vivre une histoire insensée. Habituellement, dans ses enquêtes, Gratiol aboutissait toujours à une conclusion sans faille. Pourtant, cette fois, il subsistait des zones d'ombre et des évènements inexpliqués.

— J'ai moi aussi des informations à vous fournir ainsi qu'une bonne nouvelle, annonça Géraldine. Dès que j'ai eu le droit de quitter ma chambre, je suis allée sur l'ordi en libre-service pour les patients. J'ai relevé mes mails. J'ai reçu un message d'Erna. Il date de quelques jours. Elle me l'a envoyé de San Francisco. Elle va bien. Il lui est arrivé une histoire incroyable. Elle doit me téléphoner pour me raconter.

— Voilà, la boucle est bouclée, conclut Gratiol. Et dire que sans votre amie, rien de tout cela ne serait arrivé. Mais mon enquête pour retrouver Benjamin Fontaine n'aurait pas non plus abouti. En tout cas, heureusement que vous sortez indemne de cette histoire, sinon je ne me le serais jamais pardonné.

Tout était donc terminé. Gratiol cherchait à s'en convaincre car il conservait au fond de lui-même une sorte d'amertume. Une impression de flou. Le sentiment d'avoir parfois plus subi les évènements que de les avoir gérés. Peut-être à cause de cette chance insolente qui lui avait apporté une aide inattendue chaque fois que son enquête était dans l'impasse.

Étrange et déroutant !

75

Montpellier – un autre jour

Dans la chambre 25, l'aide-soignante feuilletait le protège-documents à la couverture bleue posé sur la table. Pendant ce temps, sa collègue tapotait les oreillers du lit pour les remettre en forme.

— Tu ferais mieux de m'aider au lieu de fouiner dans ses affaires, lança-t-elle à la lectrice indiscrète.

La curieuse haussa les épaules.

— J'fais rien de mal. Je m'instruis pendant qu'il est pas là.

— Alors, dépêche-toi ! Ils vont bientôt le ramener de chez le kiné.

L'aide-soignante continua à tourner les pages pour satisfaire sa curiosité. Pourquoi l'occupant de cette chambre passait-il de longues heures à lire et relire les documents soigneusement rangés dans ces pochettes transparentes ?

En les feuilletant, son regard s'arrêta sur une coupure de journal. Elle lut à haute voix les lignes du titre à l'intention de sa collègue :

« Explosion en pleine mer du bateau de plaisance d'un couple de Français. »

– Il a l'air d'aimer les faits divers, commenta-t-elle. Je n'avais pas fait attention à cet article la dernière fois.

– Il s'intéresse aussi à des trucs un peu glauques, rétorqua l'autre. Regarde le bouquin qu'il est en train de lire !

Elle saisit et montra le livre posé sur le chevet. Le titre, *Shirō Ishii, la guerre et les cobayes humains*, annonçait la couleur, d'autant que la couverture représentait une table d'auscultation avec un cadavre et une bassine pleine de sang.

– Brrr ! Ça fait froid dans le dos. Et ça parle de quoi ?

L'aide-soignante retourna l'ouvrage et résuma :

– Un général japonais qui a testé des armes bactériologiques sur des prisonniers pendant la Seconde Guerre mondiale.

– On d'vrait pas le laisser lire n'importe quoi. Ça n'arrange sûrement pas son cas et en plus ça peut lui donner des idées bizarres, ce bouquin.

– Tu parles comme si t'étais toubib. C'est pas notre problème. Bon, faut y aller maintenant, sinon on va se mettre en retard !

L'une reposa le livre sur le chevet et l'autre referma le protège-documents. Puis toutes deux quittèrent la chambre.

76

Rose frappa à la porte avant de pénétrer sans attendre dans la chambre 25. Elle accompagna son arrivée d'un bonjour chaleureux.

Il était vêtu d'un pyjama à carreaux et assis à la petite table face à la fenêtre. Après avoir refermé le protège-documents à la couverture bleue, il tourna la tête et se leva en reconnaissant la visiteuse.

— Bonjour Rose, lança-t-il d'une voix chevrotante. Tu as de la chance de me trouver, je reviens juste de ma séance de kiné. Mes jambes vont mieux, je n'ai plus de séquelles. Je suis content de te voir.

— Moi aussi. Désolée de ne pas être passée depuis quinze jours, mais j'étais débordée. Je t'ai apporté de la lecture comme d'habitude.

Elle lui tendit les trois revues qu'elle avait sous le bras. Il se précipita sur le dernier numéro de *L'Express* pour le feuilleter.

— Ils ont publié un nouvel article sur l'affaire d'Upper Haight ?

— Aucune idée. Tu t'intéresses à la politique américaine de bas étage, maintenant ?

— Tu le sais bien. Je t'ai déjà expliqué l'autre fois. C'est un peu grâce à moi qu'Erna a pu témoigner au procès.

— Oui c'est vrai. Excuse-moi ! Je ne m'en souvenais plus.

Elle ignorait qui était Erna, mais elle avait décidé de ne jamais le contredire.

— Tu as des nouvelles de Marianne ? enchaîna-t-il.

Rose ne s'attendait pas à la question. Elle l'éluda par une simple réponse négative. Inutile de se lancer dans un dialogue stérile.

— Tout se passe bien ici ? demanda-t-elle pour éviter de laisser la conversation s'enliser sur des sujets délicats.

— Oui. Les toubibs et les infirmières sont sympas. Je n'ai pas à me plaindre, sauf qu'ils refusent toujours de me fournir des ciseaux. Je suis donc obligé de faire du pliage pour découper mes articles.

Il marqua un temps avant de poursuivre :

— Sais-tu ce que devient Laurent Gratiol ?

Rose se trouvait de plus en plus mal à l'aise. Elle chercha une nouvelle échappatoire. Pas évident !

— Tu connais Laurent Gratiol ?

— Oui, enfin pas vraiment, répondit Vincent. Un sacré détective, ce bonhomme.

Le petit jeu continua pendant près de vingt minutes, le temps pour Rose d'estimer que la visite avait raisonnablement assez duré.

Elle l'embrassa et quitta la chambre.

De nouveau seul, il retourna vers la fenêtre équipée de barreaux auxquels il ne prêtait même plus attention. Il rouvrit le protège-documents posé sur la table.

Une fois encore, il parcourut les coupures de journaux. Il les connaissait par cœur. Il les avait lui-même glissées dans les pochettes transparentes, au fil des jours.

Le premier article, extrait d'un numéro de *L'Express* de début juillet, portait un titre interrogatif :

> *« Que s'est-il passé à San Francisco dans l'appartement de Haight-Ashbury durant la nuit du 29 juin ? »*

Le texte relatait une soirée junkie qui avait mal tourné. Un homme était mort, pas d'une overdose, mais d'une balle en plein cœur.

Il avait fallu attendre le numéro du 26 août pour qu'explose enfin l'affaire d'Upper Haight, quand on avait appris que la nièce du président des États-Unis participait à la soirée. Malgré les tentatives de dissimulation, cette dernière avait finalement été reconnue coupable du crime. Un invité avait filmé la scène. La vidéo était confirmée par le témoignage d'une participante retrouvée après un mois et demi de recherche. Bien évidemment, le scandale éclaboussait l'hôte de la Maison-Blanche.

Au fil des numéros, Vincent Froment avait pris goût à suivre l'évolution de cette histoire rocambolesque.

Les pages d'après étaient en totale rupture avec le

dernier sujet. Des extraits d'un magazine *Géo* présentaient les plus belles îles désertes du Pacifique Sud. Vincent passait des heures à contempler les photos.

Les coupures de presse suivantes traitaient de l'actualité régionale. Il s'agissait d'un article de l'*Essor héraultais* écrit par Géraldine Voltier. La journaliste brossait le portrait d'un détective installé à Lunel, un certain Laurent Gratiol. Le parcours de cet ancien policier, devenu enquêteur privé, était décrit en détail.

Après une série de feuillets vides, les dernières pages, quant à elles, provenaient de multiples revues. Elles traitaient toutes du virus Ebola Doba et du scandale de la vaccination qui avait eu lieu deux ans plus tôt.

Depuis sa chambre, Vincent Froment avait reconstitué toute l'histoire. Il repoussa le protège-documents puis ferma les yeux pour s'évader mentalement une nouvelle fois en se laissant porter par ses pensées.

Dans le couloir, Rose Larcher écoutait l'infirmier lui parler de son ancien associé.

— Il est toujours dans le déni du décès de son épouse. Il affirme que c'est une autre qui est morte au Tchad. Il est allé jusqu'à inventer une histoire d'échange de cadavres à faire froid dans le dos. Il reste en pleine déprime, mais heureusement, grâce aux articles de presse qu'il découpe, il s'évade du quotidien. C'est bon pour son moral. La semaine dernière, il m'a raconté une histoire invraisemblable soi-disant à l'origine de son accident. Il y avait parfois des incohérences, mais je dois reconnaître que son récit est tellement convaincant que j'ai du mal à séparer la réalité de son imaginaire.

— Oui, je sais, confirma Rose. Il me l'a raconté à moi aussi.

— Physiquement, il est maintenant totalement remis de son terrible accident, mais il a gardé des séquelles mentales. J'ai tout de même espoir qu'il guérira un jour.

Rose Larcher remercia l'infirmier pour cet échange, puis le laissa s'éloigner avant de regarder sa montre. Elle avait dit qu'elle appellerait vers seize heures et il était quinze heures cinquante. Elle décida de téléphoner depuis sa voiture sur le parking de l'hôpital, ce serait plus discret. Elle avait toujours caché sa liaison avec Marc Chatarian. Simple question de pudeur. Elle allait appeler son amant pour le rassurer, lui annoncer que Vincent n'avait pas quitté sa chambre et que tout allait bien. Elle avait hâte de retrouver Marc une dernière fois avant qu'il ne reparte pour l'Afrique.

Vincent Froment était interné au service psychiatrique de l'hôpital La Colombière à Montpellier. Il ne s'était jamais remis du décès de son épouse ni de son accident. Derrière la porte de la chambre 25, l'histoire pouvait continuer. Sans risque. L'ancien biologiste était lui-même incapable de faire la différence entre la dure réalité et le fruit de son imagination.

FIN

Remerciements

à

Annie, mon épouse, pour sa patience et son accompagnement pendant la genèse de ce roman,

Anne-Marie, Florence, François, Frédérique, Hélène, Henri, Jacques, José, Marie-Claire, Stéphanie pour leur aide dans les domaines les plus variés,

les salons et festivals littéraires, les librairies et ateliers d'arts qui m'accueillent périodiquement pour des rencontres et des séances de dédicaces,

celles et ceux qui sans le savoir m'ont inspiré des personnages, des situations ou des anecdotes,

toutes les personnes qui m'ont aidé dans mes recherches pour trouver ou approfondir les informations techniques nécessaires à l'écriture de ce roman,

vous tous, lectrices et lecteurs, sans qui mes romans ne vivraient pas.

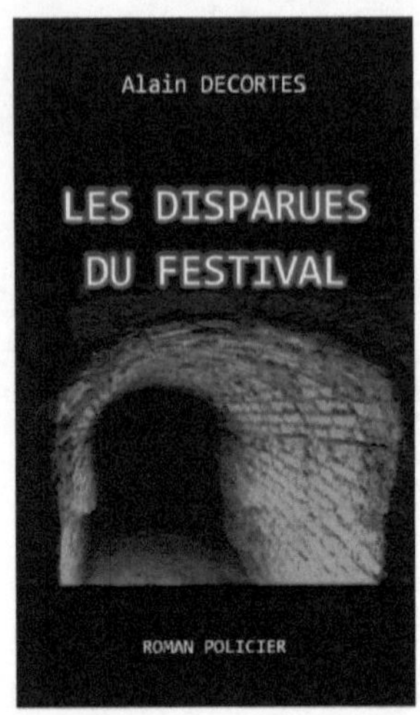

Le rideau va se lever sur le festival de théâtre de Condrieu.
La manifestation théâtrale est attendue avec impatience par certains, et décriée par d'autres.

Pourquoi Julie, une des comédiennes, a-t-elle disparu ?
C'est l'énigme qu'Arnaud cherchera à résoudre en compagnie de Stella, la petite sœur de son ami d'enfance, qu'il n'a pas revue depuis les bancs de l'école.
Aidés par un médecin retraité, érudit du passé du village, Arnaud et Stella se mettront sur la piste de Julie.
Confrontés à des situations tantôt insolites tantôt dangereuses, ils rencontreront d'étranges personnages qui livreront peu à peu leurs secrets.
Mais la découverte de la vérité peut se révéler parfois très dangereuse...

Un voyage dans Condrieu et son passé, authentique ou fictif, car l'auteur a habilement combiné le réel et l'imaginaire dans son village natal qu'il connaît bien.

Ce savant mélange et les énigmes associées, le tout accompagné d'une belle histoire d'amour, devraient séduire autant les nostalgiques du village d'antan que les adeptes du polar.

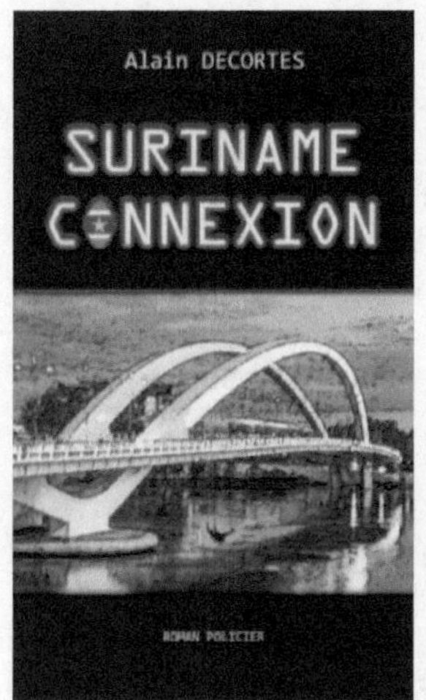# SURINAME CONNEXION

En cet hiver de très grand froid, Arnaud Gervon est agressé à l'arme blanche sur un pont au-dessus du Rhône. Il bascule dans les eaux glacées du fleuve et disparaît. L'homme était sans histoire et devait prochainement se marier avec Stella.

L'enquête piétine. Accablée par le chagrin, Stella crie à l'injustice du destin avant de découvrir un étrange détail. La vie de la victime n'était peut-être pas aussi rangée qu'elle le croyait.

La jeune femme n'aura de cesse de rechercher la vérité pour comprendre.

Une enquête qui fera voyager le lecteur de la région lyonnaise jusqu'en Amérique du Sud. Quinze jours de la vie d'une femme dont l'existence et les certitudes seront bouleversées par des découvertes et des rencontres inattendues.

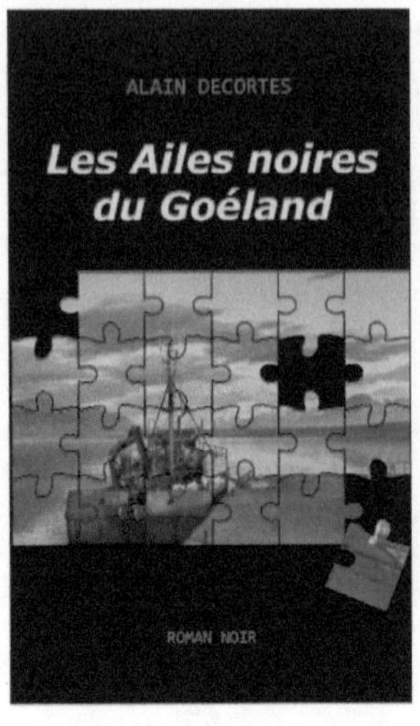

Un père cherche sa fille avec obstination alors que la police a classé le dossier. Pour la retrouver, il fait appel à Laurent Gratiol qui devra assembler les nombreuses pièces d'un puzzle plutôt étrange. Tâche difficile quand la vérité est masquée par de curieuses énigmes, des situations effarantes et des amours improbables.

Qui est cette mystérieuse inconnue au passé incertain ? Pourquoi un chalutier rentre-t-il parfois de la pêche sans rapporter de poisson ? Et cette vague d'assassinats parmi les truands du milieu nîmois ?

Le voyage de quatre femmes vers leur destin…
Une enquête singulière où cohabitent espoirs contrariés et violence terrifiante.

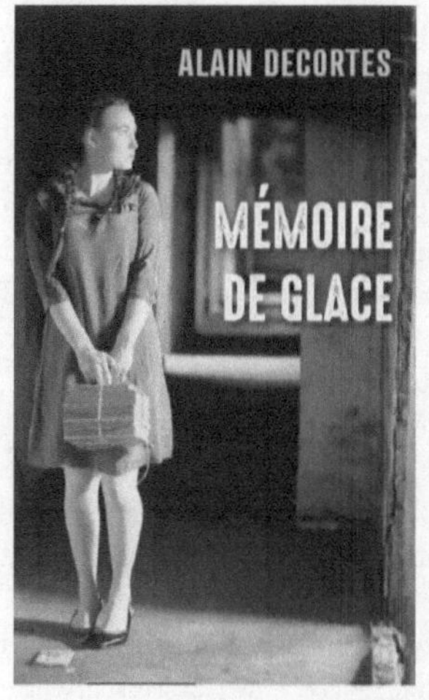

Stella et Arnaud ont tout pour être heureux : ils sont jeunes, fous amoureux et viennent de se marier. Après un séjour mouvementé en Amérique du Sud, ils ont posé leurs valises dans la maison d'enfance de la jeune femme et ils aspirent à une vie tranquille.

Mais la visite de Jerry Martinez, jeune gendarme ambitieux rencontré pendant le festival de théâtre amateur de Condrieu, va en décider autrement. Ce dernier veut débusquer un tueur en série qui, il en est certain, sévit depuis plusieurs mois dans la région. Il a conçu une méthode de traque originale basée sur des algorithmes.

Raillé par ses collègues qui ne voient dans cette approche qu'une simple lubie de geek, il sollicite le couple pour l'aider dans son enquête. Fascinée, Stella participera bien malgré elle à une chasse à l'homme qui la mènera de la Côte d'Azur au massif du Pilat et la livrera à ses démons intérieurs.

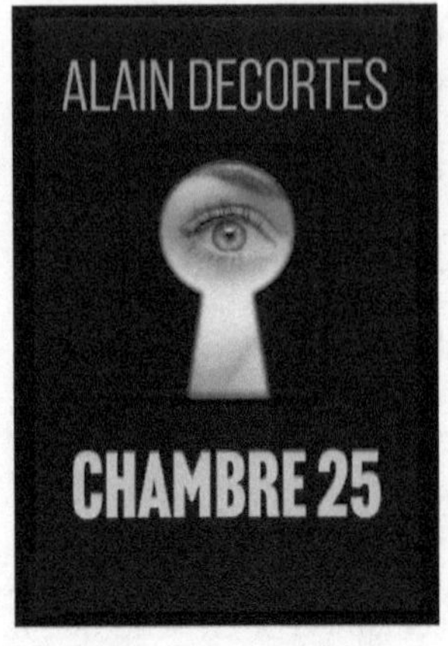

En pleine enquête sur des disparitions de jeunes gens près de Montpellier, le détective Laurent Gratiol est engagé pour retrouver une jeune Française vue pour la dernière fois lors d'une fête à San Francisco. Contre toute attente, il découvre rapidement un lien entre les deux affaires malgré les milliers de kilomètres qui les séparent. Gratiol remonte alors le fil d'une intrigue qui le mènera sur la piste de Vincent Froment, scientifique exilé sur une île du Pacifique.

Scandales, meurtres, expériences et addictions apparaîtront au fil des investigations tandis que se dévoilera la vraie personnalité de chacun.

Vérité ou mensonge, sincérité ou manipulation ? Au lecteur de le découvrir !

Avec *Chambre 25,* Alain Decortes met en scène des personnages ambigus et plonge le lecteur dans un questionnement qui se poursuivra bien au-delà du mot « Fin ».

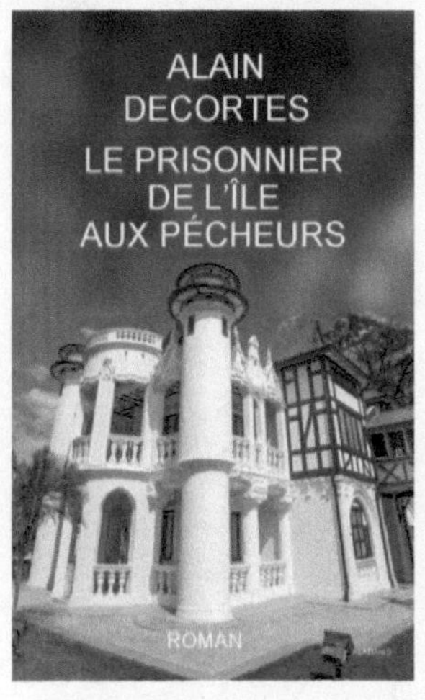

Bruno Martel, professeur d'Histoire, est passionné par les manuscrits. Un soir de mars 2020, il est contacté par un individu qui posséderait une lettre écrite par Charles de Gaulle à son épouse en juin 1940. Il ne résiste pas. En pleine épidémie du Coronavirus, il brave les règles du confinement et se rend en Bretagne pour rencontrer le mystérieux propriétaire de la lettre.

Le lendemain, Bruno Martel se réveille dans une chambre d'hôtel. Il se retrouve prisonnier sur une île inconnue, en compagnie de cinq autres personnes, trois hommes et deux femmes. Une situation qui lui rappelle une série télévisée des années soixante. La chambre est confortable, la nourriture de qualité. Une détention qui ressemble à des vacances, à la liberté près. Impossible de quitter la propriété à cause du mur infranchissable qui l'entoure.

Parmi le groupe de captifs, il retrouve Claire, une ancienne camarade de lycée. Curieux hasard !

Pourquoi les six sont-ils retenus prisonniers ? Malgré les réflexions et les échanges, personne ne connaît la raison de cette détention, jusqu'au jour où…

Retrouvez toute les livres d'Alain Decortes sur :
www.alain.decortes.free.fr